HISTOIRE

DU

VENCESLAS

DE ROTROU

SUIVIE

DES NOTES CRITIQUES ET BIOGRAPHIQUES

PAR

LÉONCE PERSON

Professeur au Lycée Saint-Louis

PARIS

LÉOPOLD CERF, ÉDITEUR

13, RUE DE MÉDICIS, 13

1882

HISTOIRE

DU

VENCESLAS

DE ROTROU

HISTOIRE

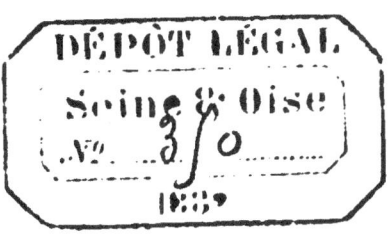
DU

VENCESLAS

DE ROTROU

SUIVIE

DES NOTES CRITIQUES ET BIOGRAPHIQUES

PAR

LÉONCE PERSON

Professeur au Lycée Saint-Louis

PARIS

LÉOPOLD CERF, ÉDITEUR

13, RUE DE MÉDICIS, 13

1882

A MONSIEUR

· LOUIS CONSTANTIN POTHEAU

* *
* *

A LA MÉMOIRE

DE

JEAN-BAPTISTE ÉDOUARD PERSON

DIRECTEUR DE L'ÉCOLE NORMALE PRIMAIRE
DU DÉPARTEMENT D'EURE-ET-LOIR,
OFFICIER DE L'INSTRUCTION PUBLIQUE,
CHEVALIER DE LA LÉGION D'HONNEUR

·TABLE DES MATIÈRES

2° APPENDICE

NOTES CRITIQUES ET BIOGRAPHIQUES.

HISTOIRE

DU

VENCESLAS

DE ROTROU

AVANT-PROPOS.

L'histoire du *Venceslas* de Rotrou est plus connue, mais en revanche plus longue que celle du
Véritable Saint-Genest. Pour *Saint-Genest*, nous
n'avions en somme qu'un acte de naissance à
produire [1]. *Venceslas* a vécu plus longtemps au
théâtre, et y a même été discuté. Du reste on a
su de bonne heure que cette tragédie avait été
inspirée par la *famosa comedia de No ay ser Padre
siendo Rey.* — *On ne peut être père et roi en même
temps* — ou bien : *Il n'y a pas à être père quand
on est roi,* comme traduit M. Alphonse Royer.

L'auteur, Don Francisco de Rojas Zorrilla,

---

[1] Voir notre *Histoire du Véritable Saint-Genest* de Rotrou.

naquit à Tolède en 1607, un an après Corneille,
et deux ans avant Rotrou ; un recueil de ses
œuvres dramatiques parut à Madrid en 1640,
et l'on trouve dans cette première partie trois
pièces qui ont donné naissance à trois ouvrages
français :

1° *Donde ay Agravios no ay Zelos* (où il y a
offenses il n'y a pas jalousie), ce que le poète
Scarron a traduit à sa manière dans un vers de
sa comédie de *Jodelet ou le maître valet,* imitation très fidèle de la pièce espagnole :

Quand on souffre en l'honneur, l'amour ne touche
[guère.

2° *Casarse por Vengarse* (se marier pour se
venger), que Lesage a introduite dans *Gil Blas*
sous la forme d'une nouvelle : *Le mariage de
vengeance.* C'est le récit que fait au livre IV dona
Elvira, en présence de la belle Aurore et de Gil
Blas, devant un tableau qui montre tout le sujet.
Un cavalier est étendu par terre baigné dans
son sang ; une jeune femme, frappée elle aussi
mortellement, attache ses regards sur un jeune
homme qui paraît plongé dans un profond désespoir, tandis qu'un vieillard, accablé et désolé,
semble se reprocher d'être la cause de tous ces
événements. La catastrophe est même plus dramatique dans la nouvelle de Lesage ; Blanca y
meurt de la main du connétable son mari, au

lieu d'être écrasée, comme dans Rojas, par la chute d'une cloison que le connétable fait tomber sur elle.

3° *No ay ser Padre siendo Rey,* qui nous occupe aujourd'hui.

Une seconde collection des œuvres de Francisco de Rojas parut en 1645, et l'on y trouve la pièce intitulée : *Entre Bobos anda el juego* (c'est une affaire entre les sots, c'est aux niais à se débrouiller entre eux), pièce assez insignifiante à notre avis, d'où Thomas Corneille a tiré la tragi-comédie de *don Bertrand de Cigarral,* encore plus froide que son modèle.

Cette seconde partie des œuvres de Francisco de Rojas est dédiée à don Pedro Nuño Colon, de la famille du grand conquistador, et l'on trouve en tête du volume qui lui est offert les armes de Colomb avec la fameuse devise :

A CASTILLA Y A LEON,
MUNDO NUEBO DIO COLON.

Le premier, à notre connaissance, qui ait cité le *No ay ser Padre siendo Rey,* est l'auteur anonyme d'une lettre adressée en février 1722 au *Mercure de France.* L'auteur de cette lettre disait que le texte espagnol se trouve à la Bibliothèque du Roi. C'est cet exemplaire de l'édition de 1640 que nous avons eu sous les yeux pour

écrire notre analyse. On trouvera ce texte reproduit très exactement dans la collection Rivadeneyra (à part quelques variantes d'orthographe, *hay* par exemple, pour *ay*, au titre même
de l'ouvrage), ce qui nous dispense d'en donner
ici des fragments.

Dans le *Journal des Savants* de 1823, Raynouard, l'auteur des *Templiers* et des *Etats de
Blois*, qui eut plus d'une fois, comme auteur
dramatique, maille à partir avec la censure impé-
riale, en même temps qu'il fournissait de brillants
sujets de discussions littéraires au vainqueur
d'Austerlitz [1], Raynouard, le philologue que
devait rendre plus célèbre encore la découverte
de la règle de l'*s*, a donné une courte analyse
de l'ouvrage de Francisco de Rojas. M. Alphonse Royer s'en est occupé à son tour dans
une page du tome III de son *Histoire Universelle
du Théâtre*. — Si nous traitons de nouveau ce
sujet, c'est qu'à nos yeux il reste encore quelque
chose à dire.

Après avoir été fréquemment joué au xvii[e]

---

[1] Voir dans les *Mémoires de Philippe de Ségur* (déc. 1805)
le récit extraordinaire de la veillée d'Austerlitz, où devant
son état-major, ses généraux, Junot qui se piquait de littérature et lui donnait la réplique, Murat, Caulaincourt, etc.,
l'Empereur émet sur *Les Templiers* de Raynouard, puis
sur Corneille et sur Racine, des idées si profondes et si
originales.

siècle, *Venceslas* fut, au xviii°, l'occasion d'une
amusante querelle dont nous racontons les principaux incidents. Chimène avait toléré un instant
chez elle, et laisse croire á la fin qu'elle épousera
Rodrigue son amant, le meurtrier de son père.
Dans *Venceslas*, la duchesse Cassandre évite
d'abord la présence de Ladislas, invoque contre
le criminel toute la rigueur des lois, et nous fait
comprendre aussi'qu'elle se décidera à épouser
sans trop de répugnance le meurtrier de son
premier amant. On protesta du temps de Corneille, on protesta un siècle après Rotrou. Le
Scudéry de Rotrou fut Marmontel; mais tandis
que Scudéry se bornait à blâmer et à dénoncer
Corneille, Marmontel s'avisa de corriger Rotrou.
Fréron protesta, et ce fut le signal d'une mêlée
héroï-comique que Geoffroy compare spirituelle-
ment à la guerre de Troie. L'Olympe fut partagé
en deux camps : Mademoiselle Clairon et Mademoiselle Gaussin furent la Vénus et la Junon
de cette lutte homérique, dont madame de Pom-
padour voulut être la Minerve, lutte plus digne
il est vrai de la Batrachomyomachie que de
l'Iliade.

Sous l'Empire et sous la Restauration, le génie
de Talma et le talent de Lafon, ces deux grands
comédiens que le public essaya d'opposer l'un
à l'autre sans parvenir à les brouiller, et l'art
consommé de Monvel, donnent une nouvelle vie

et une seconde jeunesse au *Venceslas* de Rotrou.

Enfin, comme le *Véritable Saint-Genest, Venceslas* fut représenté à l'Odéon en 1842, et aux
matinées littéraires de Ballande en 1873 et en
1875. On l'avait joué à Dreux le jour même que
fut inaugurée la statue de Rotrou, le 30 juin
1865.

C'est cette histoire d'un chef-d'œuvre, à travers trois siècles, de 1647 à 1875, que nous
nous proposons de raconter, laissant de côté, du
reste, comme nous l'avons fait pour le *Véritable
Saint-Genest,* les comparaisons et les apprécia-
tions bien connues de Voltaire, de La Harpe et
de quelques autres critiques[1].

Dans la seconde partie de ce volume nous re-
produisons les principaux passages de nos *Notes
critiques et biographiques sur Rotrou* — des amis
bienveillants nous ayant exprimé le regret que
ce premier travail n'ait pas été présenté au
public. Nous y avons inséré quelques observations et rectifications précieuses qu'ont bien voulu
nous adresser MM. Marty-Laveaux (dans la *Revue
Critique* du 3 juillet 1882), T. de L. (dans la
Revue des Questions Historiques du 1er juillet),

---

[1] On trouvera un choix des jugements de La Harpe sur
Venceslas, dans un des recueils de M. Gustave Merlet :
Origines de la littérature française du IXᵉ au XVIIᵉ siècle :
2ᵉ partie. Poésie.

Félix Hémon (dans la *Revue Politique et Littéraire* du 15 juillet), et notre excellent maître et
collègue M. Eugène Talbot. Ne cherchant en
tout ceci que la vérité, nous sommes fort heureux qu'on nous aide à la découvrir, et nous
pensons que dans les études littéraires il faut
prendre pour soi et appliquer le conseil que donnait récemment aux jeunes compositeurs dramatiques l'auteur de *La Belle Affaire*. Faites
sincère, dit-il dans sa Préface..... Il est vrai
qu'il ajoute immédiatement après : Et soyez
têtu —, seconde maxime qui n'est plus du tout
de notre goût.

Nous aurions voulu donner plus d'ampleur à ces
Notes, reconstituer une biographie, écrire enfin
la vie du poète Rotrou. Mais nous ne possédons
comme point de départ que des renseignements
vraiment trop maigres, et il faudra se résigner
sans doute à ne voir jamais cette intéressante
figure que dans un profil perdu. Nous n'avons en
effet sur sa jeunesse, sa maturité éphémère et sa
courte existence, sur la préparation et l'appari-
tion de ses œuvres, aucun de ces détails intimes
dont l'érudition de nos jours est si friande. Les
archives de la famille sont muettes et ne ren-
dront plus d'oracles. A peine avons-nous pu
retrouver çà et là dans les registres d'une paroisse
ou d'une mairie, dans les minutes d'un notaire, à
Dreux, à Mantes, à Paris, quelques documents

nouveaux. Si modeste que soit la récolte, ce n'est
pas cependant sans une émotion profonde qu'on
retrouve dans ces vieux papiers que le temps a
épargnés et que la critique sait rajeunir, une
date, un nom, une simple signature. Et tout de
suite, voilà l'imagination en campagne! Ils sont
venus là ces nobles personnages; ils se sont
inscrits au jour le jour dans la touchante simplicité de leur vie quotidienne, de leurs affections et de leurs deuils, de leurs douleurs et de
leurs joies; et tant de fois au-dessus de nous par
l'esprit et par l'intelligence, ils nous montrent
bien que pour le cœur du moins nous sommes
tous égaux ici-bas, puisqu'ils ont vécu comme
nous, et que comme nous ils ont aimé, ils ont
souffert !

Aussi l'image que nous nous faisons du poète
Rotrou ne ressemble guère à celle que l'on a
tracée jusqu'ici. Ce qui ressort de nos *Notes,*
c'est un Rotrou de province et de famille,
marié et père de quatre enfants ; un digne magistrat, obligeant et serviable, non sans quelque
austérité cependant, dût le mot paraitre singulier; rendant la justice, appointant les procès,
faisant obéir les lois, et très fort en jurispru-
dence, en même temps qu'il maniait la parole
avec un charme et un art supérieurs; un chrétien fervent, allant à l'église plus souvent, et y
restant plus longtemps qu'on ne pourrait croire ;

un excellent homme, aimant sa femme, amu-
sant ses enfants (comme fera un jour le poète
Racine dont les lettres nous apprennent tant de
naïfs détails) ; conduisant les uns et les autres,
à Chartres, dans la famille d'Ysabelle Facheu, sa
mère, à Mantes chez les parents de sa femme, et
poussant jusqu'à Rouen pour visiter la famille
Corneille, aussi nombreuse que la sienne ; ou se
rendant à Châteauneuf en Thimerais pour voir
son ami Dulorens ; dépensant son activité dans
les mille occupations de la vie journalière ; levant
les fils de ses amis et de ses administrés sur « les
saints fonts du baptême » ; portant en toutes
choses une âme haute et sereine

Qui répugne à rien voir de bas ni de vulgaire[1] ;

servant enfin son pays jusqu'à la dernière heure,
parce que, comme l'a si bien dit Plutarque, les
fonctions publiques sont le plus glorieux lin-
ceul..., et faisant de beaux vers par-dessus le
marché, de beaux vers dont il ne parlait jamais en société.
  Voilà le vrai Rotrou. Aux yeux du public qui
attache une extrême importance à deux ou trois
légendes racontées pour la première fois par des
gens sans autorité, et répétées de siècle en siècle

---

[1] DON LOPE de CARDONE, I, 1.
   Venceslas.   2

sans contrôle, la mort du poète serait une sorte
d'exception, un coup de théâtre imprévu, et
presque un démenti, une expiation, un rachat de
sa vie. A nos yeux, elle est la fin toute naturelle
et le couronnement d'une belle existence, de dix
années de devoirs, de mérites et de vertus. Le
vrai Rotrou commence en 1640, au moment où
il va prendre femme à Mantes-la-Jolie, et où il
rentre, investi d'importantes fonctions, dans sa
ville natale qu'il ne quittera plus, rapportant à
ses concitoyens, avec l'éclat de sa jeune renom-
mée, l'autorité de sa précoce expérience[1].

Années heureuses que celles où s'agrandit le
cercle des intérêts et des devoirs ; où toutes les
facultés s'exercent à la fois ; où les besoins du cœur
se développent et trouvent à se satisfaire ; où
toutes les énergies se déploient ; où l'esprit, en
contact avec les réalités de la vie, entrevoit plus
nettement et poursuit plus ardemment encore les
sublimes visions de l'idéal ! Qui de nous n'a goûté
aussi, dans la sphère modeste assignée à son
activité, le bienfait de toutes ces excitations du
labeur humain ? Qui de nous ne s'est senti plus
apte à comprendre, plus disposé à aimer, plus
près enfin de devenir meilleur, à mesure que

---

[1] Dans les actes que conserve l'étude de M⁰ Galin, notaire à Paris, Rotrou porte en 1636 le titre « d'advocat en
la Cour de Parlement ».

grandissaient autour de lui les devoirs et les res-
ponsabilités, les soucis même et les périls de la
vie ? Voilà bien quels furent de 1640 à 1650 les
vrais emplois de Rotrou : ce sont là ses grands
jours : il ne lui reste plus que quelques années à
passer sur la terre, et ce seront les mieux employées par l'homme, et les plus fécondes pour le
poëte.

A défaut d'autre mérite, les quelques faits nouveaux que renferment nos *Notes critiques et biographiques* sont, du moins nous avons lieu de le
croire, d'une rigoureuse exactitude. Ainsi nous
établissons d'après les archives communales de la
ville de Dreux, que le poëte a eu quatre enfants,
et non pas trois, comme on peut le lire dans toutes
les notices. C'est un détail de fort peu d'importance en soi, puisqu'aucun de ces enfants n'a
fait souche. Mais du moment que les biographes
croient devoir le donner, et ils le donnent tous, il
n'y a aucune bonne raison pour ne pas déclarer
le chiffre véritable.

C'est également dans les archives de la ville
de Dreux que nous avons trouvé cette qualité de
« gentilhomme ordinaire de Mgr l'Eminentis-
» sime cardinal duc de Richelieu » dont Rotrou
aimait à se parer dans les actes où figurent son
nom et sa signature. Quel autre des cinq auteurs
eut le droit de porter ce titre ?

On verra encore dans notre tableau généalogique que les descendants en ligne directe de Pierre Rotrou de Saudreville, qui forment la branche la plus rapprochée du poète Rotrou, occupent aujourd'hui un rang des plus honorables dans les fonctions publiques. On disait un jour à Scudéry, à propos de Pierre Corneille, qu'il vaut mieux être le premier de sa race que le dernier, et de poète devenir gentilhomme, plutôt qu'étant né gentilhomme faire le poète. Ni le premier, ni le dernier de sa race, en fait de noblesse, voilà l'idéal ; et Rotrou eut cette bonne fortune avec tant d'autres encore. Il y a dans cette famille, depuis un temps immémorial, comme un mot d'ordre de dévouement et de sacrifice au devoir. C'est encore un Rotrou, maire de Dreux en 1812, qui écrivait cette phrase mémorable dont semblent s'être inspirés tous les membres de cette belle lignée : « Si à l'époque où cet écrit sera
» trouvé, il existe encore un rejeton de ma
» famille, honoré de la place que j'occupe, je le
» somme, au nom de l'amour de la patrie, de
» faire le bien avec courage : il en trouvera la
» récompense dans son cœur ; s'il n'ose pas faire
» son devoir dans la crainte de se faire un
» ennemi, qu'il se retire, il n'est pas digne de la
» place. »

On sent dans cette pensée et dans ces paroles comme un reflet et un écho de celui qui adressait à son frère, en juin 1650, ces lignes dont voici le seul texte authentique : « Ce n'est pas que le » péril où je me trouve ne soit fort grand, puis- » que au moment où je vous écris les cloches » sonnent pour la vingt-deuxième personne qui » est morte aujourd'hui. Ce sera pour moi » quand il plaira à Dieu. »

CHAPITRE PREMIER.

ROTROU ET LE SUJET DE *VENCESLAS*. COMMENT
CE SUJET CONVENAIT PARFAITEMENT AU GÉNIE
DU POÈTE FRANÇAIS.

Avant d'analyser l'ouvrage de Francisco de
Rojas, nous voudrions montrer comment le sujet
même de ce drame s'accordait merveilleusement
avec le génie du poète français, et le tour particulier de ses idées. Quand après avoir lu le
Théâtre de Rotrou, c'est-à-dire trente-cinq ou
trente-six pièces[1], on se recueille pour retrouver
dans cette œuvre compliquée un fil conducteur,
et que l'on cherche une idée générale, une for-
mule, quelque chose enfin comme « cette petite
» phrase exacte et expressive qui renferme dans
» son enceinte étroite tous les caractères es-
» sentiels[2] », un trait dominant apparait, qui
montre bien chez l'auteur une habitude constante
et une préférence marquée de son esprit : Rotrou
aime par dessus tout les incidents, les péripéties,

---

[1] Voir sur le nombre des pièces de Rotrou, l'Appendice, page 124.
[2] TAINE, préface de la 2ᵉ édition des *Nouveaux Essais
de critique et d'histoire.*

les intrigues, amenées par un déguisement des
personnages qui produit une erreur sur la personne. Se rappelle-t-on, dans certaines comédies
de Molière, ces indications : Andrès cru égyp-
tien, Zerbinette crue égyptienne et reconnue
fille d'Argante, etc... ; ou dans l'*Héraclius* de
Corneille, le chef-d'œuvre du genre, ce Martian
cru Léonce, et cet Héraclius cru Martian ?... Il
en va de même des pièces de Rotrou ; la plupart des
personnages doivent toujours être crus autre chose
que ce qu'ils sont en effet. Dans les comédies ro-
manesques ce sont des femmes qui s'habillent en
hommes, comme s'habillait à cette époque Chris-
tine de Suède, que mettait fort en goût la lecture
des pièces de Rotrou, et qui eût pu fournir à
notre poète, s'il avait vécu quelques années de
plus, le sujet d'une sanglante tragédie [1] ; ce sont
des amazones capables au besoin de se battre en
duel et de croiser le fer contre les brigands, et
qui, plus heureuses que ne le sera le chevalier ou la
chevalière d'Eon, parviennent au dernier moment
à se faire reconnaitre (*Clorinde*, *la Céliane*,
Amélie, *les deux Pucelles*, *la belle Alphrède*, etc. [2]).
En vérité, pourrait-on dire avec l'auteur, en
voyant ces natures énergiques,

---

[1] Le meurtre de Monaldeschi, au palais de Fontainebleau.

[2] Dans *Agésilan de Colchos* c'est l'inverse : Agésilan habillé en fille inspire à Diane une passion indélébissable.

Ce sexe seul est mâle en cette occasion [1].

Dans des sujets moins extravagants, Rotrou a recours encore aux travestissements. Voici une pauvre jeune fille, Angélique, abandonnée de Lucidor, qui va jusqu'à Florence à la recherche du traître, et se fait passer pour une pèlerine savante en l'art de guérir [2]. Dans cette ville de Florence, l'ingrat Lucidor fait la cour à Célie ; mais Célie, qui de son côté aime un autre Lucidor (confusion de

---

[1] *Iphigénie*, V, 3.

[2] La *Pèlerine Amoureuse*. Nous ne laisserons point passer cette charmante comédie sans transcrire les jolis vers qui semblent résumer toute la poétique de Rotrou. On ne trouve pas dans mes œuvres, dit un des personnages de la pièce,

> Ce mélange obscur de termes relevés
> Dont le sens est confus, et qui ne signifient
> Que la stérilité de ceux qui versifient,
> Qui plaisent toutefois, et sèment des appas
> Au peuple admirateur de ce qu'il n'entend pas.

Tout au contraire,

> La douceur du discours, la beauté des pensées,
> Les rimes qui n'y sont ni faibles, ni forcées,
> Et la force du style, ont de si doux appas
> Que le plus grand censeur ne s'en défendrait pas.

La nature seule, dit-il au même endroit, inspire notre verve :

> L'art, de la poésie ajuste la beauté,
> Mais nous naissons pourvus de cette qualité ;
> Quand nature se tait, la science est muette ;
> Le travail de cent ans ne peut faire un poète.

Fiunt oratores, nascuntur poetæ ! — C'est bien là Rotrou. Nul n'a possédé à un plus haut degré cette facile harmonie du langage, ce don brillant qu'un biographe de Mazarin appelait : *La indoratura del suo bel dire.* (Voir page 140.)

noms s'ajoutant à une confusion de personnes),
feint d'être malade et folle ; sa famille au désespoir app .!e en consultation, non pas un médecin
malgré lui, mais la pèlerine Angélique. Après bien
des quiproquos tout finit par un double mariage.

Voici encore une jeune fille, Eroxène, que
Lélie a ramenée de Venise et dont il est éperdu-
ment amoureux ; Lélie présente Eroxène à son
père comme sa propre sœur (c'est précisément le
titre de la comédie), rachetée de l'esclavage.
Mais, après avoir trompé tout le monde, Lélie
pourrait s'être trompé lui-même : des rencon-
tres inattendues, des révélations incomplètes lui
font craindre en effet que son stratagème ne soit
une réalité ; et ce n'est pas sans peine que des
renseignements plus précis, rétablissant l'état
civil d'Eroxène, écartent à tout jamais l'idée d'un
inceste.

Ailleurs ce sont deux amants séparés par l'ini-
mitié de leurs familles — des Montaigus, des
Capulets ou des Rantzau [1]. — Au bout de quelques
années, après bien des traverses, l'un d'eux,
Léandre, a pu retrouver celle qu'il aime, Clarice.

---

[1] *Clarice ou l'Amour Constant.* — Puisque nous avons
écrit le nom des Montaigus et des Capulets, rappelons que
Francisco de Rojas, après Lope de Vega, a traité ce sujet
dans une de ses comédies. On trouvera l'analyse de la
pièce et quelques indications intéressantes sur Francisco
de Rojas, dans Antoine de La Tour, l'*Espagne religieuse et
littéraire*, pages 212 et sqq.

Sous le nom d'Hortense, et sans être reconnu ni
de la fille, ni des parents, il est rentré comme
domestique dans cette maison, pendant que Clarice, demandée en mariage par d'absurdes pré-
tendants, gémit et évoque à chaque instant
son amant qu'elle croit toujours éloigné d'elle :

Fille j'ai mille fois. . . . .
Médité pour te voir le voyage de Gênes,
Et toujours sur le seuil mon honneur me retient,
Mon honneur qui m'est cher parce qu'il t'appartient[1].

A la fin, cela va de soi, tout s'explique encore,
et les deux amants sont réunis sans qu'aucun
mauvais sort puisse les séparer à l'avenir.

Même quand il imite les Anciens, c'est encore
le travestissement, l'erreur sur la personne que
Rotrou préfère à tout autre moyen. Comme il
est à son aise avec les *Ménechmes* de Plaute, ces
Sosies de par la nature, et avec les *Sosies*, ces
Ménechmes de par Jupiter ! Comme on sent bien
que ces deux sujets lui convenaient à ravir ! S'ils
n'avaient point existé, il les eût inventés.

Arrivons maintenant aux chefs-d'œuvre tragiques. Qu'avons-nous vu dans le *Véritable Saint-
Genest*, que verrons-nous dans *Venceslas ?* Pas
autre chose qu'un déguisement, une erreur sur

---

[1] *Clarice*, III, 2 :

Mon honneur qui m'est cher parce qu'il t'appartient,

y a-t-il rien de plus charmant que ce dernier vers ?

la personne, amenant cette fois-ci la catastrophe et la péripétie.

Saint-Genest est un acteur travesti en martyr, et bientôt après un martyr habillé en acteur. Avec quelle secrète complaisance le poète développe les effets d'une méprise qui gagne de proche en proche, d'abord les autres comédiens, puis les deux Césars forcés d'intervenir dans la représentation dont ils étaient d'abord les simples spectateurs, et nous-mêmes enfin, qui assistions pour ainsi dire du dehors à cette pièce introduite, comme disait Théophile Gautier, dans le ventre d'une autre pièce ! Et d'où viennent ces dramatiques perplexités ? D'un personnage qui, avant de faire illusion aux autres, se fait illusion à lui-même, qui commence par être la dupe de son rôle avant d'en être le complice, partageant avec tous les spectateurs l'erreur qu'il commet sur sa propre personne jusqu'au moment où le masque, en tombant, découvre le chrétien : *Lo Fingido Verdadero.*

C'est aussi l'erreur sur la personne qui va produire la catastrophe de *Venceslas.* Ladislas et son frère Alexandre aiment la même femme, Cassandre, duchesse de Cunisberg, et Ladislas tue son frère Alexandre ; mais c'est Féderic duc de Curlande qu'il voulait et qu'il croyait tuer ; car le duc de Curlande, pour favoriser les amours d'Alexandre et de la duchesse Cassandre, avait

consenti à passer pour l'amant, et un instant
même pour le mari de Cassandre. Tout le monde
s'est donné le mot pour aveugler Ladislas, aveuglement fatal qui le pousse dans les ombres de la
nuit, et fait de cet égaré le meurtrier de son
frère.

Voilà donc les sujets qui plaisent à Rotrou.
Mais il y a encore dans *Venceslas* d'autres rap-
ports et d'autres convenances : un lien d'une
autre nature unit ce chef-d'œuvre aux grands
ouvrages qui l'ont précédé ou suivi. *Saint-Genest*
date de 1646, *Venceslas* de 1647, et *Cosroès* de
1649. Ici c'est un chrétien condamné à mort par
l'empereur, là un fils condamné à mort par son
père, plus loin un père condamné à mort par son
fils. Les luttes et les épreuves que subissent dans
des cœurs généreux l'amour divin, l'amour pa-
ternel et l'amour filial forment dans ces trois
actions une gradation vraiment saisissante, et l'on
serait tenté d'y voir une sorte de trilogie. Même
harmonie dans le dénouement ; le chrétien périt
avec Saint-Genest ; le père succombe avec Cosroès, sans que le fils arrive à temps pour le déli-
vrer ; Venceslas, lui, condamne à mort son fils,
mais sauve, en la couronnant, une tête si chère.
Il est vrai que le dénouement a soulevé quelques
objections; nous les examinerons quand il en sera
temps (Voir chap. v, p. 84).

CHAPITRE II.

LA COMEDIA FAMOSA DE *NO AY SER PADRE SIENDO REY.*

C'est dans cette mémorable année de 1647, où l'Espagne laissa dans les plaines de Lens les restes de ses vieux régiments, que Rotrou se mesurait de son côté avec les Espagnols : double triomphe de nos lettres et de nos armes. Quelques bons juges cependant ont trouvé que la victoire fut moins brillante dans le domaine des lettres que sur les champs de bataille. On a même dit que les Espagnols, chassés de Paris et battus en France, depuis Ivry et Fontaine-Française jusqu'à Rocroy et Lens, avaient pris leur revanche dans notre littérature et sur notre théâtre. En effet, il n'y avait déjà plus de Pyrénées, et la Bidassoa voyait passer en même temps que les princesses de sang royal toutes les œuvres du génie castillan. Tout le monde en France, disait Michel Cervantes, se met à apprendre l'espagnol : *ni varon ni muger deja de aprender la lengua castellana.*

Or, si dans le compte à régler de tous ces

emprunts [1], nos grands écrivains peuvent réser-
ver leurs droits — et le génie, nous en tombons
d'accord, a ses droits à part, tout comme le vieil
Horace, — il faut avouer cependant, qu'une part
bien large encore, plus large peut-être que celle
que nos tendances et notre amour-propre national nous porteraient à leur faire, demeure aux
Espagnols, et nous pensons que la comparaison
qui nous occupe en ce moment ne peut que con-
firmer ces idées.

On doit se demander d'abord ce que le sujet
de *Venceslas* peut avoir d'historique : Francisco
de Rojas s'était bien gardé de désigner par un
nom propre le héros de sa pièce : il l'appelle simplement le roi de Pologne : Rey de Polonia. Ses
deux fils seulement ont un nom : l'aîné s'appelle
Rugero principe (c'est Ladislas); le cadet, Ale-
jandro infante (c'est Alexandre). Mais Rotrou
qui jusqu'à *Cosroès* traitera l'histoire avec une si

---

1 Pourra-t-on jamais en dresser un catalogue exact et
complet? que de personnes, par exemple, croient encore, —
sur la foi de Corneille lui-même — que le Menteur est imité
de Lope de Vega, tandis que l'auteur de la *Verdad Sospe-
chosa* est bien en réalité Ruiz de Alarcon ! Corneille cependant a reconnu sa méprise dans son *Examen*. Nous
avons dit dans un précédent volume que le *Fingido Verdadero*, modèle du *Véritable Saint-Genest*, était dédié à Graviel Tellez et que ce Graviel Tellez n'était autre que Tirso
de Molina : l'espace nous a manqué pour rappeler que
Tirso de Molina devait fournir à Molière, avec son *Convive
de pierre* (el *Burlador de Sevilla y convidado de piedra*), le
sujet et les principaux détails de *don Juan*.

complète désinvolture (voir notamment *Crisante*
et cette étrange tragédie de *Bélisaire* dans
laquelle l'Impératrice Théodora laisse tomber
une paire de gants à franges que le vainqueur des
Vandales ne daigne même pas ramasser), Rotrou,
disons-nous, n'était pas embarrassé pour si peu :
il a nommé son héros. Où a-t-il pris ce nom de
Venceslas ? Est-ce dans Dubravius, dans Æneas
Sylvius, dans Nevgebaverus?

Nous avons consulté toutes ces histoires, *Histo-
riæ rerum bohemicarum* ou *rerum Poloniæ*. Nous
avons rencontré bien des Venceslas et des Vla-
dislas, mais aucun d'eux ne ressemble aux personnages de Rotrou. L'un est successivement
roi de Bohème, de Hongrie et de Pologne, de
1283 à 1305. Il avait envoyé son fils en Hongrie :
il le rappelle, craignant à cette distance l'effet
des mauvais conseils et des mauvais exemples :
*vita filii dissolutior quam inerti otio vinoque et pro-
digis epulis fere quotidie transigebat* [1], et il lui offre
sa couronne de Pologne. Ailleurs c'est un Vladis-
las *cubitalis* (*id est pusillæ staturæ*) qui à partir
de 1305 fait le malheur de la Pologne, *ob feros
intemperantesque mores quibus vitam suam, nunc
grassando et spoliando, nunc per stupra et adulteria
corpus volutando fœde contaminabat* [2].

---

[1] *Dubravii historia bohemica*, 1552, p. CXVI.
[2] *Icones et vitæ principum regum Poloniæ a Salmone
Nevgebavero de Cadano.* MDCXX.

Faut-il reconnaître dans ces portraits l'impétueux et farouche Ladislas ? Mais à combien d'autres princes, de ce pays et de ce temps-là surtout, ne pourrait-on pas rapporter un pareil
signalement? Et où se trouve la filière historique,
le fait précis, la date exacte, la trace enfin de
cette Thébaïde polonaise, de la condamnation
prononcée par le père devenu le justicier de sa
famille, et de l'intervention populaire qui arrache
au souverain l'acquittement de l'assassin, comme
Horace avait été condamné par les duumvir?
absous par le peuple ?

Voilà un problème intéressant que nous lais-
sons à notre grand regret à résoudre aux histo-
riens, nous contentant, faute de mieux pour l'instant, de dire avec la plupart des dictionnaires
que le héros de la tragédie de Rotrou est *Venceslas le Vieux*, mort en 1306 [1].

---

[1] L'auteur anonyme qui en 1722 dénonce au *Mercure de
France* l'existence du *No ay ser Padre Siendo Rey* de
Francisco de Rojas, regrette que Rotrou n'ait pas pris un
sujet vraiment historique. Que n'a-t-il choisi, dit-il, « le
« personnage d'Eacus, roy d'Egine, qui vit son fils Pelée
« tuer Phoque, un autre de ses fils, et fut obligé de par-
« donner à Pelée? » La mort de « Phoque » est sans doute
fort dramatique; mais je ne sais pourquoi nous aimons
mieux encore, pour légendaire qu'elle soit, la mort de l'infant Alexandre. Du reste ce nom de *Venceslas* devait hanter
depuis longtemps l'imagination de Rotrou, car nous le trouvons déjà en 1635, dans la première édition de la *Bague de
l'Oubli* (à Paris, chez François Targa, au premier pillier
de la grand'salle du Palais, devant la chapelle, au Soleil

Nous leur soumettrons même à ce propos un dernier scrupule. Rotrou pourrait bien avoir imité deux pièces dans le *Véritable Saint-Genest,* et aussi dans *Venceslas :* l'une qui nous est connue, l'autre qu'il resterait à découvrir. Ce mélange de plusieurs pièces en une seule est très visible dans l'*Hercule mourant,* dans *Antigone* et dans les *Sosies,* dont le prologue est emprunté au répertoire tragique (à l'*Hercules furens* de Senèque). C'était un procédé cher à Térence; les anciens appelaient cela : *contaminare fabulas.* Rotrou a dû en user plus souvent encore que nous ne pensons.

Etudions maintenant la pièce de Francisco de Rojas.

PREMIÈRE JOURNÉE.

Le vieux roi, tourmenté par la goutte, s'assied . et renvoie tous ceux qui l'accompagnent, conservant seulement auprès de lui le prince Roger, son fils aîné. Roger vient d'échanger à l'instant même,

---

d'or); après une épitre au Roy et un avertissement au Lecteur, le poète nous donne un long argument de sa pièce, qui commence en ces termes : « Alfonce, jeune roy de Sicile, « nouvel héritier du Royaume, par la mort de Venceslas « son père, passionnément amoureux de Liliane, fille d'A- « lexandre duc de Terre-Neuve..., etc. » Et plus loin le nom de Venceslas revient une seconde fois dans l'argument. Il fallait que ce nom eût bien de l'attrait aux yeux de Rotrou, pour qu'il en fit sans nécessité, dans un argument, le nom du père d'un roi de Sicile !

avec l'infant Alexandre son frère, des regards qui n'annoncent rien de bon.

Le roi commence un long discours ; il rappelle la mort de sa femme, regrette l'impatience du prince héritier qui déjà voudrait être roi, et lui fait un tableau peu encourageant des difficultés du gouvernement et de l'injustice des peuples à l'égard de ces « monarques débonnaires,

» Doux pasteurs de l'humanité » [1] :

Si le roi est juste, on l'appelle cruel ; s'il est pieux, on le méprise ; on le traite de prodigue, s'il est libéral ; d'avare, s'il se modère ; s'il est pacifique, c'est un lâche (cobarde) ; il est dissolu, s'il prend quelques divertissements ; hypocrite, s'il est modeste ; et faible s'il prend conseil [2].

---

[1] A. Barbier : l'*Idole*.

[2] Rotrou, *Venceslas*, I, 1 :

Il passe pour cruel s'il garde la justice,
S'il est doux, pour timide et partisan du vice,
S'il se porte à la guerre, il fait des malheureux ;
S'il entretient la paix, il n'est pas généreux ;
S'il pardonne. il est mou ; s'il se venge, barbare ;
S'il donne, il est prodigue ; et s'il épargne, avare.

De la tragédie passons à la comédie : Cette tirade ne fait-elle pas songer dans un autre ton aux doléances d'un personnage de M. Victorien Sardou. le prince de Monaco ? « Je me promène ?... J'ai donc bien des loisirs ! — Je ne me promène pas ?... J'ai peur de me montrer ! — Je donne un bal ?... Luxe effréné ! — Pas de bal ?... Quelle avarice ! — Je passe une revue ?... Intimidation militaire ! — Je n'en passe pas ?... Je crains l'esprit des troupes ! — Des pétards à ma fête ?... L'argent du peuple en fumée ! — Pas de pétards ?... Rien pour les plaisirs du peuple ! — Je me porte bien ?... L'oisiveté ! — Je me porte mal ?...

Eh bien, si la vertu ne suffit pas à celui qui reste vertueux, vous qui vous abandonnez tout entier à l'oisiveté, aux passions, aux honteuses voluptés, pourrez-vous vivre roi, quand il suffit à peine d'être un bon roi pour vivre [1] ?

Le roi expose ensuite à son fils ses propres griefs. Il lui reproche d'être jaloux du duc Féderic au point de vouloir lui ôter la vie ; de chercher dispute à son frère ; de tourmenter les faibles ; de négliger l'étude, bien qu'il faille à une bonne race une bonne science.

> Tambien a una buena sangre
> Es menester buena ciencia [2].

Allez plutôt aux frontières arabes dépenser ces arrogances, et armé du gorgerin jusques aux grèves,

---

La débauche ! — Je bâtis ?... Gaspillage ! — Je ne bâtis pas ?... Et le prolétaire ? — Enfin, je ne puis plus ni manger, ni boire, ni dormir, ni veiller à ma guise, que tout ce que je fais ne soit proclamé détestable, et tout ce que je ne fais pas... encore pis ! » *Rabagas*, I, 10.

[1] ROTROU, I, 1 :

> Si donc pour mériter de régir des États,
> La plus pure vertu même ne suffit pas.
> Par quel heur voulez-vous que le règne succède
>
> (Ladislas donne des signes d'impatience.)
>
> A des esprits oisifs que le vice possède,
> Hors de leurs voluptés incapables d'agir,
> Et qui serfs de leurs sens ne se sauraient régir ?...

[2] *Es menester :* il est métier — Agrippa d'Aubigné a dit en ce sens, en parlant de Henri III et de Bernard Palissy :

> La France avoit mestier
> Que ce potier fust roy, que ce roy fust potier.

monté sur un fougueux andalous, allez affronter le roi ottoman [1].

En outre la voix populaire, qui est la voix de Dieu,

> Pues el pueblo. es evidencia
> Que habla por iengua de Dios,

cette voix vous accuse de mille forfaits. Dans nos rues et dans nos places, lorsque l'aurore argente tout ce que le père des étoiles doit dorer de ses rayons, on trouve mille personnes mortes et le malheur veut que votre mauvaise réputation soit telle qu'on vous impute tous ces crimes...

Après de nouvelles et vives remontrances, le roi déclare à son fils que, s'il ne change pas de conduite, il saura, lui, faire son devoir : « Si je suis père, je serai roi. »

> Si soy padre, seré rey [2].

C'est au tour de Roger à parler ; le roi souhaite que la réponse de son fils le convainque : « Je perdrais à être vainqueur et je gagnerais à être vaincu [3]. »

---

[1] ROTROU, I, 1 :

> Employez, employez ces bouillants mouvements
> A combattre l'orgueil des peuples ottomans,
> Et soyez généreux en de justes querelles.

[2] ROTROU, I, 1 :

> Lors pour être tout roi, je ne serai plus père...

(C'est la même idée sous la forme négative),

> Et, vous abandonnant à la rigueur des lois
> Au mépris de mon sang je maintiendrai mes droits.

[3] ROTROU, I, 1 :

> Parlez, je gagnerai vaincu plus que vainqueur.

Nous devons dire une fois pour toutes que Francisco de Rojas est un fervent disciple de Gongora, et donner au moins un échantillon de son style ; le moindre avantage que l'on puisse tirer de cette comparaison sera de constater avec quel soin notre poète Rotrou s'est gardé de tous ces excès. Voici donc le début du discours de Roger :

Lorsque, se retirant tristement, avec les cris d'une passion qui s'éteint, le rude été s'avançait appelant l'automne ; lorsque faisant souffrir les fleurs, se répandant sur les bois, août devenait l'arbitre et le maître de ces lieux ; lorsque septembre vermeil faisait monter vers le ciel, comme pour l'étayer, l'aboundante récolte des épis dorés ; — alors, avec mes montagnards, je faisais le tour de la montagne, à la recherche des saules, et vérifiant les bornes de pierres. Quand, voyant que nous ne rencontrions ni cet animal couvert de soies, qui se sert de ses dents comme d'un coutelas pour déraciner les arbres, ni le cerf ramé qui écrit sur ses cornes le nombre de ses années

> Coronista de su vida,
> Se la escribe en sus dos troncos,

nous mîmes tous les trois pied à terre ; au bord d'un ruisseau qui ne faisait entendre son murmure qu'à lui seul, nous nous fîmes des tapis' de fleurs sous l'épaisseur de la feuillée. Là nous médîmes des absents, car c'est un plaisir pour les oisifs.

Roger explique alors qu'il commença par se plaindre que le roi son père ne voulût pas « secouer de ses épaules » pour s'en décharger sur les siennes, le poids de sa couronne ; car enfin le fils ne s'y connaissait-il pas en politique, aussi bien qu'un autre [1] ?

Il énumère ensuite ses griefs contre le duc Féderic et l'infant Alexandre — le duc, vil flatteur, ambitieux ministre, dangereux calomniateur, qui me dessert auprès de vous, qui veut conquérir ce que j'ai conquis et aspire à ce que j'aime,

> Conquista lo que conquisto,
> Pretende lo que enamoro [2],

l'infant Alexandre, qui épouse la querelle du duc, qui même vient tout à l'heure de tirer le fer contre moi. Roger profère alors contre ses deux ennemis les menaces les plus terribles : il saura bien les exécuter, « étant tout entier aspic, venin, furie, colère, peine, rage, noirceur, prodige,

---

[1] Tout ce passage est imité ou traduit par Rotrou.

[2] ROTROU, I, 1 :

> . . . . Cet insolent ministre
> Qui vous est précieux autant qu'il m'est sinistre ;
> Vaillant, j'en suis d'accord, mais vain, fourbe, flatteur...
> Et qui, sous votre nom beaucoup plus roi que vous,
> Met à me desservir ses plaisirs les plus doux.
>
> . . . .
> Mais que le grand crédit qu'il possède à la Cour,
> S'il méconnaît mon rang, respecte mon amour,
> Ou tout brillant qu'il est, il lui sera frivole.
> Je n'ai point sans sujet lâché cette parole :
> Quelques bruits m'ont appris jusqu'où vont *ses* desseins
> Et c'est un des sujets, seigneur, dont je me plains.

(L'édition Jouaust porte : Jusqu'où vont *vos* desseins.)

flèche, foudre, Etna, incendie, volcan, monstre,
vipère, poison, fauve, vengeance, injure, courroux. »

Le roi, effrayé de tout ce qu'il vient d'entendre,
dissimule cependant son inquiétude et sa colère ;
il donne à son fils des gages de sa tendresse, il
lui tend les bras :

ROGER, *à part :* Je devine ses flatteries.
LE ROI, *à part :* J'embrasse celui pour lequel je
n'ai aucune inclination, afin de conserver celui que
j'aime ;

et il lui annonce qu'il partage sa couronne avec
lui [1].

Au même instant l'infant Alexandre parait, et
reçoit l'ordre de faire des excuses à son frère et
de l'embrasser. Ensuite, le roi lui ordonne de
rentrer immédiatement dans sa chambre où il
sera consigné jusqu'à nouvel ordre ; de son côté
Roger ne devra pas sortir de la sienne. Le roi,
en aparté, annonce qu'il va voir Alexandre ;
Alexandre annonce, en aparté, qu'il va voir *son
épouse* [2]. — Ils sortent tous.

---

[1] ROTROU, I, 1 :
Essayons l'artifice où la rigueur est vaine...
Prince, il est temps qu'enfin, sur un trône commun,
Nous ne fassions qu'un règne et ne soyons plus qu'un.

[2] Rotrou ajoute ici une scène de réconciliation entre le
duc Féderic et Ladislas. Invité par le Roi à dire quelle est
la plus chère récompense qu'il ambitionne pour ses ser-

Un valet, *Coscorron,* et une servante, *Clavela,*
arrivent avec des flambeaux et occupent la scène.
Il est probable qu'un changement à vue nous
transporte à ce moment chez la duchesse *Cassandre.* Coscorron et Clavela sont ses deux domestiques.

Ces personnages de bas étage, au langage
grossier et équivoque, achèvent sur le ton plaisant
l'exposition du sujet commencé sur le ton tragique ; et, comme la langue leur démange (la
lengua me hace Mur, Mur), les confidences vont
bon train. Ils nous apprennent que les deux frères
sont amoureux de Cassandre ; mais qu'Alexandre
est l'amant préféré, mieux que cela, l'époux légi-
time.

La duchesse Cassandre les surprend et les
renvoie ; puis par une porte dérobée, elle introduit chez elle l'infant, auquel, depuis la veille, elle
est unie par les liens d'un mariage secret.

Alexandre est soucieux, et Cassandre lui reproche sa froideur ; bien plus tendre et plus tou-

---

vices, Féderic allait avouer probablement qu'il aime l'infante Théodore ; lorsque Ladislas, qui se méprend sur
l'objet de cet amour et qui croit que Féderic ose songer à
Cassandre, lui ferme immédiatement la bouche. Féderic se
tait. Voilà la première de ces trois ou quatre réticences
qui, dans la pièce de Rotrou, confirment, d'une façon toujours de plus en plus invraisemblable, l'erreur de Ladislas.
— Chaque fois que Féderic voudra parler, l'impétueux
Ladislas l'arrêtera. Le procédé à la longue devient par trop
monotone.

chante que dans Rotrou, la Cassandre de Francisco de Rojas tremble à chaque instant que quelque événement ne vienne divulguer le secret d'où dépend son bonheur.

Alexandre répond qu'il a eu un songe effrayant ; il était blessé par son frère et se voyait l'épée à la main prêt à engager la lutte [1].

A ce moment on frappe à la porte. Nouvelle alerte. C'est le duc Féderic, confident des deux époux, qui possède une clef pour entrer à toute heure chez Cassandre. Le duc apporte de graves nouvelles ; les seigneurs amis de Roger et les partisans d'Alexandre se sont pris de querelle dans le vestibule du palais et ont mis flamberge au vent. Roger est arrivé qui en a dépêché un grand nombre. Le roi a eu toutes les peines du monde à séparer les combattants. Entrant ensuite dans l'appartement d'Alexandre et ne le trouvant pas, le roi s'est mis à sa recherche, et a donné des ordres sévères. Alexandre n'a plus qu'une chose à faire : monter à cheval, s'enfuir et se cacher jusqu'à nouvel ordre dans la villa de Belflor que Féderic met à sa disposition. Les deux époux se font de touchants adieux exprimés par le poète dans un style qui nous parait délicat et

---

[1] Ce songe d'Alexandre a certainement inspiré à Rotrou le songe de l'infante Théodore au commencement du quatrième acte.

gracieux ; ils parlent un instant, sans gongorisme et sans cultos, le vrai langage de l'amour
et de la passion. Dans un de ces couplets Cassandre dit à son amant que la flamme s'épure (se
apura la llama), que tout ce qui se consume aujourd'hui s'allumera de nouveau :

> Cuanto se consume ahora
> Se ha de volver a encender.

C'est peut-être dans ces images et dans ces
expressions que Rotrou a pris les éléments d'un
beau vers qu'il met dans la bouche de Ladislas :

Ma flamme a consumé ce qu'elle avait d'impur[1].

DEUXIÈME JOURNÉE.

Huit jours (vingt jours dans un autre passage)

---

[1] *Venceslas*, II, 2.
L'édition Jouaust donne :
> Ma flamme a *consommé* ce qu'elle avait d'impur.

Cette édition a été composée, nous dit l'éditeur, d'après
les éditions originales de Rotrou, communiquées par M. de
La Tour, « bibliophile aussi aimable que libéral, qui était
« en même temps un écrivain de mérite, et que naguère la
« mort a ravi beaucoup trop tôt à de nombreux amis ».
Rappelons, pour notre part qu'Antoine de La Tour, que
nous citons dans une note de la page 23, fut le précepteur
du duc de Montpensier. Voici les titres de ses principaux
ouvrages : *Tolède et les bords du Tage; Études sur l'Espagne; Séville et l'Andalousie ; L'Espagne religieuse et littéraire*, etc...

se sont écoulés : Alexandro n'a pas encore re-
paru. Roger déclare à son confident Robert qu'il
veut tuer le duc, et il explique les motifs de sa
haine dans un interminable récit encore plus
extravagant que celui qu'il faisait à son père, au
commencement de la première journée. Voici le
sommaire de ce nouveau morceau, véritable air
de bravoure du poète espagnol :

J'étais à la chasse (description de la chasse) ;
j'arrive près d'un fleuve (description du fleuve) ;
sur le sable j'aperçois des pas de femmes (description du sable et des pas) ; je suis cette piste ; je
me cache derrière un buisson (description du
buisson) ; j'aperçois cinq robes suspendues à un
tamaris (description des robes) ; de l'eau sort une
femme d'une merveilleuse beauté (description de
la femme : cheveux, gorge, bras, etc.) ; elle
s'habille, je la suis, j'apprends que c'était Cassandre. Je lui fais inutilement la cour. Elle me
dédaigne. Je sais que le duc Féderic entre chez
elle à toute heure : de là ma tristesse, ma colère
et mon inquiétude, qui viennent s'ajouter à des
griefs passés.

Robert essaie inutilement de calmer son maître,
lorsqu'arrive Coscorron. Le prince Roger achète
immédiatement la complicité de ce valet cynique ;
Coscorron se passerait même d'argent : n'est-ce
pas, dit-il, mon métier de trahir ma maîtresse,
puisque je suis valet ? Ils sortent.

Entrent Clavela et Cassandre. Cassandre
expose à sa servante son chagrin d'être séparée
d'Alexandre, et les poursuites importunes du
prince Roger :

Plus je veux m'éloigner de lui, plus il a de pré-
tentions sur moi. Il ne craint pas de me compro-
mettre : le jour il me courtise ; la nuit il m'inquiète :
il veut forcer ma porte et oblige parfois le duc à
sauter du balcon dans la rue pour n'être pas surpris [1]. D'autre part, je n'ose lui dire qu'Alexandre
est mon époux. J'ai donc écrit un billet au Roi
pour le prier de venir à mon secours et de me pro-
téger.

Restée seule, Cassandre s'abandonne à ses
tristes rêveries. Roger et Coscorron s'introdui-
sent à la dérobée. Mais Cassandre, qui a entendu
quelque bruit, interroge Coscorron et le renvoie.
Roger reste seul, caché dans une demi-obscurité :
l'instant est solennel. Heureusement Cassandre
veille. Elle entend un bruit de pas : elle n'a que le
temps de se jeter dans une chambre voisine et de
s'y enfermer. Roger approche à tâtons, et cherche
à saisir la duchesse. La duchesse n'est plus là ;
c'est une autre personne que saisit Roger, c'est
Alexandre, son frère, qui est entré de son côté.
Les deux rivaux se tiennent quelque temps enla-

---

[1] Rotrou n'a pas mis en action ces violentes entreprises
de Roger qui ont, dans la pièce espagnole, comme un commencement d'exécution.

cés, sans se reconnaître encore : la situation est tout à fait dramatique. Alexandre appelle du secours : Cassandre arrive avec une lumière et les deux frères, se dégageant, mettent l'épée à la main. Tout cela, convenons-en, est très émouvant. Ce qui l'est également, ce sont les réflexions des trois personnages qui ne comprennent rien à cette rencontre :

ALEXANDRE, *à part :* Quelle est cette ombre qui me retient, ce buste muet qui m'embrasse ? Ciel ! mon frère à cette heure dans la demeure de mon épouse !

ROGER, *à part :* Quoi ! au moment où je croyais m'emparer de Cassandre, trouver mon frère dans mes bras !

CASSANDRE, *à part :* Ciel ! mon époux, qui était absent, ici dans cette chambre ! Roger, qui me menace, chez moi, à cette heure !

Comment dire à Roger la vérité ? Comment dire à Alexandre ce qui se passe ? Elle les invite à s'expliquer tous les deux. Roger déclare qu'il est entré chez Cassandre, croyant y rencontrer le duc Féderic, et qu'il est venu pour le tuer. Alexandre déclare qu'il venait voir le duc Féderic, attendu que Féderic est marié en secret avec Cassandre [1].

---

[1] Voilà qui est un peu sans façon ! Alexandre n'a pas demandé à Féderic la permission d'user de ce faux-fuyant, et de l'exposer ainsi aux terribles effets de la jalousie de Roger !

Au même instant, le roi, mandé par le billet de
la duchesse arrive, et bien vite Cassandre fait dis-
paraître l'infant et le prince, l'un dans une pièce
à droite, l'autre dans une pièce à gauche. Roger
est-il ici, dit le roi ; est-il venu vous importuner ?
— Non, répond Cassandre. — On comprend pourquoi la duchesse ne dénonce pas Roger : Roger,
livré, livrerait son frère. Mais Féderic, qui accom-
pagne le roi, a la malheureuse idée de lui conseiller de visiter l'appartement. Le roi entre alors
dans la première chambre : Alexandre en sort et
tombe aux pieds du souverain. Etonné et courroucé,
le roi ordonne à Alexandre de le suivre. Alexandre
obéit à regret, car il va laisser Cassandre seule
aux prises avec Roger. Dans cette position critique, Cassandre menace le Prince de la vengeance
de son époux. — Ton époux ? qui est-ce ? — Le
duc, répond Cassandre. — Le duc ? s'écrie Roger,
je le tuerai. Dis-lui de prendre garde.

Ainsi finit la deuxième journée.

Nous n'avons pas à nous occuper ici de Rotrou,
qui s'est complètement séparé de son modèle. Il
faut le regretter. Tous ces incidents, ces confu-
sions, ces péripéties, ces coups de théâtre de la
deuxième journée convenaient si bien à son
génie ! Il eût tiré de grands effets de ces situations. La pièce française est au contraire singulièrement refroidie par l'inutile complication des
pâles et tristes amours de Théodore et du duc,

et par ces réticences d'un aveu toujours prêt à
s'échapper des lèvres du trop respectueux Féderic;
plus heureuse que l'infante du Cid, car elle est
aimée, Théodore est aussi malheureuse pour l'instant, car elle croit que Féderic en aime une autre.

Les deux poètes vont se rejoindre maintenant à
la troisième journée. Rappelons seulement que dans
Rotrou, Cassandre, pour échapper aux menaces
de Ladislas, se décide à prendre un protecteur
autorisé, et à épouser la nuit prochaine, qui donc ?
Alexandre, son amant ? — Oui, sans doute. Mais
pour la forme, aux yeux du public, elle épousera
Féderic. Il s'agit d'abuser encore Ladislas :

ALEXANDRE.

Je prends loi de Cassandre, épousons dès ce soir.
Mais, duc, gardons encore d'éventer nos pratiques ;
Trompons pour quelques jours jusqu'à ses domes-
[tiques,
Et, hors de ses plus chers, dont le zèle est pour nous,
Aveuglons leur créance et passez pour l'époux ;
Puis l'hymen accompli sous un heureux auspice,
Que le temps parle après, et fasse son office ;
Il n'existera plus [1] qu'un impuissant courroux
Ou d'un père surpris, ou d'un frère jaloux.

FÉDERIC.

Quoique visiblement mon crédit se hasarde,
Je veux bien l'exposer pour ce qui vous regarde,

---

[1] L'édition Jouaust donne :
  Il n'excitera plus.....

Et, plus vôtre que mien, ne puis avec raison
Avoir donné mon cœur, et refuser mon nom.

La ruse est étrange en vérité. Donner le change
comme le fait l'auteur espagnol, après le mariage,
soit ; mais le donner avant le mariage lui-même,
c'est un stratagème bien laborieux.

On ne comprend pas en outre de quelle utilité
pourra être dans le présent un mariage que l'on
convient de tenir encore secret jusqu'à nouvel
ordre, ni en quoi la divulgation de ce mariage
pourra rendre impuissant plus tard le courroux
du violent Ladislas que l'on redoute, parce qu'il
est capable de tout.

Mais cette combinaison difficile une fois admise,
Rotrou va en recueillir les fruits au moment de
la catastrophe. Nous verrons en effet que le coup
de théâtre est plus saisissant dans l'auteur français que dans l'auteur espagnol, grâce à cette
incertitude, à cette obscurité qui règne, dans l'esprit des assistants au moment du mariage et du
meurtre, sur l'identité de la victime.

CHAPITRE III.

LA TROISIÈME JOURNÉE DU *NO AY SER PADRE SIENDO REY*, ET LE QUATRIÈME ET LE CINQUIÈME ACTE DE *VENCESLAS.*

1° Dans Francisco de Rojas (3ᵉ journée), le valet Coscorron et Robert, le confident du prince Roger, se heurtent contre Roger blessé, qui tient encore son épée brisée. (Ceci se passe au lever même du rideau. Les habits du prince sont en désordre ; il a perdu dans la lutte son manteau et son chapeau, et Roger, à travers toutes les exagérations du gongorisme[1], fournit à ses interlocuteurs les explications suivantes : j'étais entré dans la chambre de Cassandre : je la cherchais dans l'obscurité ; je m'approche de son lit et je trouve la duchesse et son époux[2] je détourne la

---

[1] En voici de nouveaux exemples : Celui qui nous compte notre vie sonnait l'heure la plus lɔngue = il était minuit.

Je répandis par la bouche le poison distil. du venin de mes colères = Je proférai des menaces.

Une lumière mourait dans un chandelier, désireuse de faire un sépulcre d'argent du creux de sa bɔuche = ma chandelle est morte !

[2] Sur le visage de son époux, ses noirs cheveux ondulés, dénattés, étouffaient sa respiration impercetible.

Venceslas. 4

tête et je frappe le duc [1]. Ma vengeance satisfaite, je saute du balcon dans la rue : là j'aperçois un fantôme (bulto). Ce fantôme se jette sur moi. Qui es-tu, lui dis-je? Roger, je suis le prince [2], me répond-il, et il découvre un squelette informe sous un voile noir. Je tombe à terre et je ne sais pas en vérité comment je me trouve en ce moment dans vos bras.

Le jour commence à poindre. Roger veut se retirer : au même instant le Roi entre et lui barre le passage.

2° Dans Rotrou (actes IV et V), l'infante Théodore a eu un songe : elle a vu son frère massacré. — A peine a-t-elle terminé ce récit que Ladislas entre chez elle, blessé : il raconte qu'il s'est embusqué dans le palais de Cassandre, qu'entendant la porte s'ouvrir au nom du duc Féderic, il s'est jeté sur lui dans l'ombre, et l'a

---

[1] Je dégage des veines perfides du traître duc toute la substance rouge qui s'y alimentait. La couche de neige se brode alors de labyrinthes roses.

[2] Ne serait-ce pas plutôt l'*infant* qu'il faudrait lire ? Cependant le texte espagnol est bien formel, tant dans l'édition de 1640 que dans l'édition Rivadeneyra :

Rugero, el Principe, soy,
Dijo, cuando desemboza
Debajo de un negro velo
Un esqueleto sin forma ;

et ce qui suit n'est pas moins net. C'est donc sa propre image que voit Roger : c'est bien son propre fantôme, c'est le génie du meurtre qui le poursuit.

frappé de trois coups de poignard. — Ici, l'avantage est à Rotrou. En effet, dans l'auteur espagnol, le spectateur ne peut douter que cet homme,
tué par le prince Roger dans le lit nuptial, ne
soit autre que l'époux authentique, l'infant
Alexandre. Avec Rotrou au contraire, nous ne
savons pas encore si, au moment du meurtre,
Alexandre s'était substitué à Féderic, et nous
sommes dans une incertitude poignante dont le
trouble et le saisissement de la pauvre Théodore
augmentent encore l'émotion :

LADISLAS.

Par une fausse porte, enfin, la nuit venue,
Je me dérobe aux miens, et je gagne la rue,
D'où, tout soin, tout respect, tout jugement perdu,
Au palais de Cassandre en même temps rendu,
J'escalade les murs, gagne une galerie,
Et, cherchant un endroit commode à ma furie,
Descends sur l'escalier [1], et dans l'obscurité,
Prépare à tout succès mon courage irrité.
Au nom du duc, enfin, j'entends ouvrir la porte,
Et, suivant à ce nom la fureur qui m'emporte,
Cours, éteins la lumière, et, d'un aveugle effort,
De trois coups de poignard blesse le duc à mort.

THÉODORE, s'appuyant sur Léonor.

Le duc? Qu'entends-je? hélas !

LADISLAS.

                    A cette rude atteinte,
Pendant qu'en l'escalier tout le monde est en plainte,

---

[1] Var : sous l'escalier. (Édition Jouaust.)

Lui, m'entendant tomber le poignard sous ses pas,
S'en saisit, me poursuit et m'en atteint au bras.
Son âme à cet effort de son corps se sépare,
Il tombe mort.

THÉODORE.

O rage inhumaine et barbare !

LADISLAS.

Et moi, par cent détours que je ne connais pas,
Dans l'horreur de la nuit ayant traîné mes pas,
Par le sang que je perds mon cœur enfin se glace,
Je tombe et, hors de moi, demeure sur la place,
Tant qu'Octave passant s'est donné le souci
De bander ma blessure et de me rendre ici,
Où (non sans peine encor) je reviens en moi-même.

THÉODORE.

Je succombe, mon frère, à ma douleur extrême.
Ma faiblesse me chasse, et peut rendre évident
L'intérêt que je prends dedans votre accident.

(*Elle sort.*)

Aussi quel coup de théâtre se prépare tout à
l'heure, dont vont être frappés à la fois et les
acteurs et les spectateurs du drame ! Avec Rojas,
il n'y a pas de surprise possible pour les spectateurs, qui n'ont plus qu'à jouir simplement de la
surprise des acteurs. Ne regrettons plus maintenant dans Rotrou certaines invraisemblances,
quelques dispositions peu naturelles, si tout cela
était nécessaire pour amener un pareil choc.

1° Dans Francisco de Rojas, le Roi demande

compte au prince Roger de sa présence matinale
en ces lieux, du désordre de sa tenue, de ce sang
dont ses mains sont tachées.

ROGER. — Que lui dirai-je ?

LE ROI. — Dis-moi toute ta douleur.

ROGER, *troublé*. — Je dis que si... Je... seigneur,
j'allais... j'étais... Je n'en sais rien.

LE ROI, *à part*. — Il n'arrive pas à trouver une
excuse : où il y a du trouble, il y a une faute. Holà,
apportez des vêtements à mon fils.

ROGER, *à part*. — Lui avouerai-je mon crime ou
saurai-je feindre ?

LE ROI. — Et ton frère ?

ROGER. — Je ne sais rien de lui.

LE ROI. — Tu ne l'as pas vu ?

ROGER. — Je ne l'ai pas vu.

LE ROI. — Et à qui doit-on la surprise de te
trouver déjà levé ?

ROGER. — Mais Votre Majesté n'est-elle pas aussi
matinale ?

Et le Roi répond qu'étant vieux et n'ayant plus
longtemps à vivre, les soins de l'Etat le récla-
ment tout entier : tout ce qui manquera à mon
sommeil je l'ajouterai à ma vie.

Le Roi questionne alors Coscorron : il n'obtient
point de réponse satisfaisante. Roger se décide à
parler. J'ai tué, dit-il, celui que tu aimes le
plus.

Et au même instant Féderic entre en scène et
demande une audience pour la Duchesse.

ROGER, *à part*. — Qu'est cela ? Que Dieu me
vienne en aide !

Le Duc, *à part.* — Qu'est cela? Lui ici? Que le Ciel me protège !

Roger, *à part.* — Mon sang se glace.

Le Roi, *à part.* — Ciel! comme ils sont embarrassés tous les deux! L'un semble servir de modèle à l'autre.

Roger, *à part.* — Ciel! à qui ai-je donné la mort ?

2° Dans les scènes iv et v de l'acte IV, Rotrou traduit son modèle, cela est bien évident, mais avec quelle grandeur, et quelle largeur de proportions! Ces scènes-là demandent encore à être transcrites en entier. Ce sont dans l'édition de 1820, les scènes iii et iv, et dans l'édition Jouaust les scènes iv et v de l'acte IV.

SCÈNE III

VENCESLAS.

Mou fils !

LADISLAS.

Seigneur ?

VENCESLAS.

Hélas !

OCTAVE.

O fatale rencontre !

VENCESLAS.

Est-ce vous, Ladislas,
Dont la couleur éteinte et la vue égarée
Ne marquent plus qu'un corps dont l'âme est séparée?

En quel lieu, si saisi, si froid et si sanglant,
Adressez-vous ce pas incertain et tremblant ?
Qui vous a si matin tiré de votre couche ?
Quel trouble vous possède et vous ferme la bouche?

LADISLAS, *se remettant sur sa chaise.*

Que lui dirai-je, hélas ?

VENCESLAS.

                Répondez-moi, mon fils ;
Quel fatal accident...

LADISLAS.

                Seigneur, je vous le dis :
J'allais... j'étais... l'amour a sur moi tant d'empire...
Je me confonds, seigneur, et ne vous puis rien dire.

VENCESLAS.

D'un trouble si confus un esprit assailli
Se confesse coupable, et qui craint a failli.
N'avez-vous point eu prise avecque votre frère?
Votre mauvaise humeur lui fut toujours contraire,
Et si pour l'en garder mes soins n'avaient pourvu...

LADISLAS.

M'a-t-il pas satisfait? Non, je ne l'ai point vu.

VENCESLAS.

Qui vous réveille donc avant que la lumière
Ait du soleil naissant commencé la carrière ?

LADISLAS.

N'avez-vous pas aussi précédé son réveil ?

VENCESLAS.

Oui, mais j'ai mes raisons qui bornent mon som-
                              [meil.

Je me vois, Ladislas, au déclin de ma vie,
Et sachant que la mort l'aura bientôt ravie,
Je dérobe au sommeil, image de la mort,
Ce que je puis du temps qu'elle laisse à mon sort :
Près du terme fatal prescrit par la nature,
Et qui me fait du pied toucher ma sépulture,
De ces derniers instants dont il presse le cours,
Ce que j'ôte à mes nuits, je l'ajoute à mes jours.
Sur mon couchant, enfin, ma débile paupière
Me ménage avec soin ce reste de lumière ;
Mais quel soin peut du lit vous chasser si matin,
Vous à qui l'âge encor garde un si long destin ?

LADISLAS.

Si vous en ordonnez avec votre justice,
Mon destin de bien près touche son précipice :
Ce bras, puisqu'il est vain de vous déguiser rien,
A de votre couronne abattu le soutien :
Le duc est mort, seigneur, et j'en suis l'homicide ;
Mais j'ai dû l'être.

VENCESLAS.

O dieu ! le duc est mort, perfide !
Le duc est mort, barbare ! et pour excuse enfin
Vous avez eu raison d'être son assassin !
A cette épreuve, ô ciel, mets-tu ma patience ?

SCÈNE IV.

FÉDERIC.

La duchesse, seigneur, vous demande audience.

LADISLAS.

Que vois-je ? quel fantôme ! et quelle illusion
De mes sens égarés croît la confusion ?

VENCESLAS.

Que m'avez-vous dit, prince, et par quelle merveille
Mon œil peut-il sitôt démentir mon oreille?

LADISLAS.

Ne vous ai-je pas dit qu'interdit et confus,
Je ne pouvais rien dire et ne raisonnais plus?

VENCESLAS.

Ah! duc, il était temps de tirer ma pensée
D'une erreur qui l'avait mortellement blessée.
Différant d'un instant le soin de l'en guérir,
Le bruit de votre mort m'allait faire mourir.
Jamais cœur ne conçut une douleur si forte.
Mais que me dites-vous?

FÉDERIC.

Que Cassandre à la porte
Demandait à vous voir.

VENCESLAS.

Qu'elle entre.

LADISLAS, *à part.*

O justes cieux!
M'as-tu trompé, ma main? me trompez-vous, mes
[yeux?
Si le duc est vivant quelle vie ai-je éteinte?
Et de quel bras le mien a-t-il reçu l'atteinte?

. . . .

1° Dans Francisco de Rojas, Cassandre, nouvelle Chimène, demande justice au Roi; elle lui
fait connaître son mariage secret avec Alexandre,
lui raconte la mort de son époux et désigne Ro-

ger, en même temps qu'elle présente la dague sanglante dont il s'est servi : « Maintenant, sois roi quoique tu sois père [1]. » Le Roi, qui n'a pas bronché en entendant ce récit, console la duchesse [2], fait rendre à Roger son épée, et remet la personne du prince à la garde de Féderic : « Le ciel, dit-il, m'avait donné deux fils. J'en ai » déjà perdu un : et pour venger celui-là, je dois » perdre mon autre fils. » Tout le monde sort. On voit alors Roger dans une tour, avec des menottes; il exhale ses regrets et ses plaintes qu'interrompt l'arrivée du Roi et du duc.

2° Sauf le détail de certaines situations, Rotrou traduit encore de la façon la plus remarquable son modèle. On croirait entendre Chimène et le roi Fernand qui conduit et résume les débats.

1° Au point où nous avons laissé Francisco de Rojas, le Roi entre dans la prison où est le Prince :

LE ROI. — Ouvre-moi tes bras, Roger.

---

[1] Se rey, aunque padre seas.
[2] Il le fait toutefois dans un étrange langage : « Ma fille, duchesse, madame, conservez cette semence de perles fines qui des nuages de votre âme viennent de se changer en grêle sur votre visage..., etc... »

Et il l'embrasse.

Roger, ému, demande ce que présagent ces té-
moignages si nouveaux de la tendresse pater-
nelle.

ROGER. — Que veulent dire ces embrassements à
la place de dures menaces ?
LE ROI. — C'est parce qu'ils doivent être les
derniers que je vous les donne si violents et si
profonds (tan apretados).

Roger ne le veut point croire.
Le Roi va s'expliquer :

— Etes-vous mon fils ?
— Je suis Roger.
— Etes-vous fort ?
— Je suis courageux.
— Etes-vous vaillant ?
— Je suis brave.
— Etes-vous audacieux ?
— Je suis féroce.
— Alors je veux seulement vous dire...

Et les sanglots et les larmes l'empêchent de
parler...

— Je veux vous dire, prince, qu'aujourd'hui vous
devez mourir.

Roger se défend : il n'a pas voulu tuer son
frère.

— Je ne vous punis pas, répond noblement le
Roi, à cause de celui à qui vous avez donné la mort,
mais à cause que vous avez donné la mort : au nom

du mort je vous pardonne ; à cause du meurtre je
vous condamne. C'est un chagrin qui nous touche
tous deux. Soyons calmes dans la douleur : Prince,
prenez soin de votre âme.

Il va pour sortir. Roger l'arrête et l'implore.
Le Roi cite alors l'exemple de Trajan et de
Darius :

Trajan faisait arracher un œil à celui qui avait
commis un crime. Le premier cas qui se présenta
fut celui de son fils : Trajan en souffrit, gémit et
pleura ; il s'arracha un œil, mais il en arracha un
aussi à son fils.

Darius fit bien mieux encore : 'il mit à mort un
de ses fils criminel, et de sa peau se fit un siège sur
lequel il s'asseyait à l'audience. Je dois donc vous
ôter la vie.

Roger pleure.

LE ROI. — Ne pleurez pas ainsi devant moi ; je
fais quelque chose de plus douloureux en vous con-
damnant à mort, que vous en subissant cette condamnation.

Et tous les deux, le père et le fils fondent en
larmes, et le Roi dit à son fils de l'embrasser une
deuxième fois. Le Roi fait mine de sortir : le
Prince le rappelle ; il implore de nouveau son
juge et son père. Le Roi se détourne : Roger re-
double ses instances ; le Roi laisse tomber de ses
lèvres cette dernière parole : « No ay ser padre
siendo Rey. » Et cette fois, il sort pour tout
de bon.

2° Dans Rotrou l'acte V commence par un entretien entre Féderic et Théodore. Enfin Féderic peut faire à Théodore l'aveu de sa passion :
Ladislas n'est plus là pour lui couper la parole et
arrêter cet aveu toujours prêt à sortir! Théodore
lui demande comme un gage suprême d'amour
d'obtenir du Roi la grâce de son frère.

Peut-être la scène iv, entre Venceslas et Ladislas, est-elle moins touchante que la scène
correspondante de Francisco de Rojas : malgré
le « Embrassez-moi, mon fils », et le vers :

Je mourrai plus que vous du coup qui vous tuera,

il y a dans Rotrou quelque chose de plus stoïque,
qui sent davantage son Manlius Torquatus : le
roi de Pologne, avec Rojas, dédaigne moins les
faiblesses du sang ; en outre, le dialogue est
considérablement abrégé dans la tragédie française.

1° Après l'entretien dans la prison entre le
père et le fils, le valet Coscorron vient occuper
la scène. C'est lui qui est cause de tout cela :
comment s'en tirera-t-il? Tôt ou tard on connai-
tra sa trahison : s'il allait au-devant du châtiment,
et s'il avouait tous ses méfaits?

Le Roi rentrant avec le duc coupe court à ses
perplexités. Le duc implore pour Roger la clé-

mence du souverain. Le Roi tient bon. Cassandre
arrive et, prise de pitié, joint ses instances à celles
de Féderic. Le Roi résiste encore. L'insurrection
populaire, les cris de Vive le prince Roger ! qui se
font entendre, achèvent l œuvre commencée. Le
duc, qui est sorti un instant pour se rendre compte
de ce tumulte, annonce qu'au moment où l'on
conduisait le coupable au supplice, le peuple l'a
délivré. Roger attend à la porte. Le Roi envoie
chercher un certain plateau recouvert d'une
étoffe. C'est la couronne royale. Le Roi met cette
couronne sur la tête du prince Roger : « Tu seras
roi, je serai père ; je me charge dorénavant de
la duchesse. »

> Por mi cuenta la Duquesa
> Quedara de aqui adelante

Alors, duc, s'écrie Roger, viens dans mes bras, et
puisque les événements me permettent d'implorer
le pardon de la duchesse Cassandre, que le Ciel me
fasse la grâce de mériter ce pardon, et que l'assistance veuille bien de son côté nous accorder de
l'indulgence dans la critique et des applaudisse-
ments pour la comédie !

2º Nous n'avons plus qu'à rappeler les dernières scènes du *Venceslas* de Rotrou, qui corres-
pondent à cette dernière partie du *No ay ser
Padre siendo Rey.* Théodore implore vainement
pour son frère le pardon de Venceslas ; Cassandre
joint ses instances à celles de Théodore :

La pitié qui fera révoquer son supplice
N'est pas moins la vertu d'un roi que la justice.

A son tour, Féderic, accomplissant la promesse
qu'il a faite à Théodore, intercède auprès du Roi,
lorsque l'on vient annoncer que le peuple a ren-
versé l'échafaud et s'oppose au supplice de Ladislas. C'est alors que Venceslas couronne son
fils :

Soyez roi, Ladislas, et moi, je serai père.

Ladislas se réconcilie avec Féderic :

Roi, je n'hérite point des différends du prince ;

et il fait aussitôt, par un brusque revirement qui
paraîtrait bien invraisemblable, si l'on ne voyait
tout de suite que le poète est là derrière pour
louer Mazarin, un brillant éloge du ministre dont
il était tout à l'heure encore l'ennemi mortel :

Le ciel nous l'a donné, cet Etat le possède ;
Par ses soins tout nous rit, tout fleurit, tout succède;
Par son art nos voisins, nos propres ennemis
N'aspirent qu'à nous être alliés ou soumis.
Il fait briller partout notre pouvoir suprême,
Par lui toute l'Europe ou nous craint ou nous aime ;
Il est de tout l'Etat la force et l'ornement.

En même temps Ladislas donne en mariage à
Féderic l'infante Théodore, puis il dépose sa
couronne aux pieds de Cassandre. Cassandre re-

fuse d'abord de la recevoir et de la partager ; mais
on sent bien que ce refus ne sera pas éternel,
et Ladislas pourrait lui dire comme le Roi Fernand à Rodrigue :

Espère en *mon* courage, espère en *ma* promesse:
Pour vaincre un point d'honneur qui combat contre
                                        [*moi*
Laisse faire le temps, *ma* vaillance et ton roi.

Voilà quelles sont, dans ces deux pièces, et la
suite des incidents et les péripéties du drame.
Nous ne ferons plus, après cette longue analyse,
que de courtes réflexions sur les deux principaux
personnages, le Roi et le Prince héritier. Il nous
semble que Rotrou n'a rien ajouté de bien sail-
lant au caractère du Roi. Ce vieux Mithridate
du Nord, cet Auguste de la Pologne ou de la Bohême, est admirablement peint déjà dans Rojas, et
nous avouerons même qu'en beaucoup d'endroits
il nous touche plus que celui dont Rotrou a tracé
le portrait. Il n'en est pas de même du Prince
(Roger-Ladislas) ; et l'on peut dire avec raison
que ce Ladislas farouche et indompté, violent,
hautain, contradicteur des autres et de soi-même ;
terrible en ses colères comme un comte de Charolais, ou comme un duc de Bourgogne qui n'aurait pas eu son Beauvillier ou son Fénelon ;
donnant la mort lâchement et s'apprêtant à la

recevoir bravement; effrayant et menaçant dans la mort même ; dominé enfin par une de ces violentes passions qui peuvent faire d'un homme un héros, quand elles n'en font point un criminel; — l'on peut dire que le caractère de Ladislas est une création de Rotrou.

Voyons maintenant l'accueil que lui ont fait le public et les critiques.

CHAPITRE IV.

VENCESLAS AU XVIIe ET AU XVIIIe SIÈCLF.
MORT DE L'ACTEUR BARON.
CORRECTIONS ET CRITIQUES DE MARMONTEL.
LE *MERCURE DE FRANCE* ET L'*ANNÉE LITTÉRAIRE*
DE FRÉRON. LES *MÉMOIRES* DE LEKAIN.

★
★ ★

Venceslas fut joué fréquemment au xviie et au xviiie siècle. Les registres de La Grange, qui vont de 1659 à 1685, nous indiquent les dates suivantes :

Théâtre du Petit-Bourbon :

1659. 27 juin : *Venceslas*. Recette : 220 livres.

      19 août : *Venceslas*. Recette : 183 livres. A la même époque une représentation de *Pompée* produit 90 livres, et le *Cid* ne recueille que 106 livres.

1660. 28 mai. *Venceslas*, et le *Cocu* pour la première fois.

1662. Quatre représentations de la *Sœur*.

1663. *Venceslas* est joué trois fois. C'est l'année

de la brouille entre Racine et Molière.
Racine, nous dit le registre, ne reçut
pas ses parts d'auteur.

Théâtre de la rue « Guénéguaud » :

1668. *Venceslas* est joué une fois. Les premières
représentations de l'*Imposteur* ou du
Tartuffe (février) rapportent 2045, 2074
et jusqu'à 2860 livres. Nous voilà loin
des 220 livres de *Venceslas*.

1679. La troupe s'adjoint M. et Mlle Champ-
meslé.
(Molière est mort depuis 1673).

En 1680 a lieu la réunion des deux troupes de
l'Hôtel de Bourgogne et de la rue
« Guénéguaud ». De cette réunion est
née la Comédie française.
Venceslas est joué trois fois.

1681. La troupe joue *Venceslas* à Fontainebleau.

1682. *Venceslas* est joué deux fois, et la même
année, nous trouvons indiquées deux
représentations d'*Hercule*. Serait-ce
l'*Hercule mourant* de Rotrou ?

Voilà pour les registres de La Grange.

_ *

En octobre 1691, Baron fait ses adieux au

théâtre et joue d'une façon incomparable, devant
Louis XIV, à Fontainebleau, dans le rôle de Ladislas. Après une absence de près de trente années,
Baron remonte sur la scène en 1720. Il joue à
merveille le mardi 21 décembre 1721, dans le rôle
de Ladislas, et, le 3 septembre 1729, il prend le
rôle de Venceslas. Le vieux Roscius avait alors
soixante-seize ans. Au moment où il disait ce vers :

Si proche du cercueil où je me vois descendre,

il se trouva mal. On l'emporta, et quelques jours
après, il était mort [1]. C'était tomber au champ
d'honneur comme Mondory, comme Montfleury,
comme Molière lui-même.

*
* *

Cependant il y avait quelqu'un au *Mercure de
France* que les lauriers du Marquis d'Ussé, l'impitoyable correcteur de *Cosroès,* empêchaient de
dormir.

En l'année 1730 parut dans le *Mercure* une
lettre sur *Venceslas* [2]. A côté des éloges que
l'auteur de cet article accorde aux beautés incon-
testables de la pièce, on rencontre des critiques

---

[1] LEMAZURIER. — *Galerie historique des acteurs de la
Comédie française.*
[2] Il en avait aussi paru une en 1722 : voir l'Avant-
propos et la note de la page 11.

assez vives. La conduite de l'infant Alexandre
qui expose le duc Féderic à la fureur de Ladislas,
pour s'en mettre à couvert lui-même, parait peu
généreuse, et l'on regrette qu'à la fin le crime
triomphe, et que la vertu soit punie. Il ne faut
pas, ajoute l'article, se laisser séduire par le talent de Baron :

> Un acteur tel que Baron peut prêter des grâces
> aux endroits d'une tragédie, même les plus rebu-
> tants; les suffrages alors deviennent très équi-
> voques, et l'on peut se tromper quand on en fait
> honneur à l'auteur.

Cette théorie nous mènerait loin. Elle pouvait,
sans doute, rassurer la modestie de Rotrou, lorsqu'il remerciait dans sa jeunesse les « incompa-
» rables acteurs qui fardent si agréablement les
» plus laides choses [1] »; mais elle faisait dire en
même temps à Scudéry que le *Cid* n'était rempli
que de beautés douteuses, et que, loin du théâtre,
la lecture finirait par dissiper cette « vapeur
grossière » qui était montée dans la salle, du
parterre jusqu'aux loges; ou bien encore que
« Rodrigue et Chimène tiendraient possible assez
» bonne mine entre les flambeaux du théâtre des
» Marets, s'ils n'eussent point eu l'effronterie
» d'étaler leur blanc d'Espagne au grand jour
» de la galerie du Palais ».

---

[1] Préface de la *Dorisléa*.

Quelque chose encore dans *Venceslas* choquait les rédacteurs du *Mercure de France :* c'était son air gothique et sa versification surannée (expressions employées plus tard par le *Dictionnaire portatif des Théâtres*). Les choses en restèrent là cependant jusqu'en 1747, époque où la pièce de Rotrou, dans son vieux style, parut encore avoir des grâces nouvelles.

Mais en 1759, Marmontel corrigea le texte primitif, et cette tentative téméraire mit le feu aux poudres. Fréron rendit compte de ces représentations nouvelles dans l'*Année Littéraire* [1]. Il examine d'abord la pièce ; il loue le caractère impétueux de Ladislas,

Impiger, iracundus, inexorabilis, acer ;

le contraste de ce caractère avec celui du père, le sage Venceslas qui aime son fils, quelques chagrins qu'il lui donne ; la noblesse et la magnanimité de Féderic, duc de Curlande. Il blâme comme inutiles, mal dessinés, ou manquant d'à-propos le prince Alexandre, Cassandre, duchesse de Cunisberg, et l'infante Théodore.

---

[1] L'*Année Littéraire*, par M. Fréron, année MDCCLIX, t. III, p. 97.

Un autre reproche à faire, c'est que cette tragédie
est purement domestique, qu'elle n'intéresse pas
tout un peuple comme *Œdipe, Iphigénie, Cinna,
Horace, Athalie, Alzire*, que les ressorts de la ma-
chine sont frêles et voisins du comique. Ce n'est
qu'une tracasserie de ménage, l'intrigue dépend en-
tièrement d'une méprise continue de Ladislas. Otez
cette équivoque et toute la pièce tombe.

Enfin la vertu y est punie et le crime récom-
pensé.

Cependant cet ouvrage excite l'admiration et la
pitié. On a toujours vu cette pièce avec plaisir, telle
qu'elle est sortie des mains de Rotrou. Pourquoi
M. Marmontel a-t-il voulu la rajeunir?

Et l'auteur compare les deux *Venceslas*. Mais
auparavant il raconte une anecdote assez plai-
sante :

Lorsque M. Marmontel eut remis ses changements aux comédiens, M. le Kain, qui avait joué le
rôle de Ladislas d'original, fut moins étonné que
fâché de ne plus reconnaître ce rôle ; il prit sur lui
de le rétablir tel qu'il est dans Rotrou ; il pria seulement M. Colardeau [1] de lui faire quelques corrections essentielles et de lui conserver ses répliques
pour n'être point obligé de communiquer son secret
à ses camarades [2]. On part pour Versailles où la
pièce retouchée a d'abord été représentée ; le rôle
de M. le Kain fait le plus grand plaisir ; on le com-
plimente sur son jeu. M. de Marmontel, qui avait

---

[1] Ce doit être Colardeau de Janville, qui plus tard élu
membre de l'Académie française, mourut avant sa ré-
ception.

[2] Sans cette sage précaution, Lekain, comme l'acteur
Genest, eût fait manquer la réplique de ses interlocuteurs.

suivi les acteurs pour aller recueillir les applaudis-
sements, ne comprenait rien à cette aventure; il
paraît à son tour; on s'empresse de le féliciter sur
son ouvrage, et singulièrement sur ce rôle de Ladislas; il répond que ce rôle n'est point de lui, et il
demande que M. le Kain joue celui qui est de sa
façon. Les justes remontrances de ce comédien et
de quelques gens de goût ont enfin obtenu de
M. Marmontel qu'il rétablit bien des choses qu'il
avait supprimées; M. le Kain s'est composé un
rôle d'après Rotrou, M. Marmontel et M. Colardeau,
et ce rôle lui a fait honneur à Paris où la pièce
nous a été donnée pour la première fois le lundi 30
du mois dernier. »

Après cela viennent des comparaisons entre le
texte de Rotrou et celui de Marmontel, qui
certes ne sont pas à l'avantage du correcteur;
puis l'indication des couplets que Lekain a laissés
de côté, pour adopter sans changement le texte
original de Rotrou ou bien le texte mitigé de
M. Colardeau.

Enfin Fréron blâme le dénouement imaginé
par Marmontel. Dans un premier projet, Cassandre se tuait :

M. Marmontel avait fondé sur cette nouveauté les
plus grandes espérances. Il fut hué. — Alors Cassandre prend la fuite. Où va-t-elle? M. Marmontel
n'en sait rien, ni le spectateur non plus.

M. Marmontel, dit Fréron en terminant, a commis là le crime des filles de Pélias; il a tiré le vieux
sang des veines de son père: mais il n'a pu lui en
donner un nouveau.

Marmontel répondit à cette vive diatribe dans le *Mercure de France* (mai 1759).

1⁰ Dans l'article consacré aux spectacles, il se plaint de la mauvaise volonté et du peu de franchise de l'acteur Lekain qui avait d'abord approuvé ses corrections. Il déclare que la mort de Cassandre a eu beaucoup de succès à Versailles : « Cette mort, en punissant Ladislas, donnait de la moralité à la fable [1]. » Il avoue que ce dénouement n'a pas été goûté à Paris : mais de là à être hué comme le prétend Fréron, il y a loin.

D'ailleurs Marmontel s'applaudit des six représentations qu'a eues son ouvrage à Paris ; il donne même le chiffre des recettes ; il déclare qu'il s'est assuré que les comédiens continueront à jouer la pièce avec ses corrections, et il produit une attestation écrite, au nom de Mⁱˡᵉ Clairon et de la troupe, par M. Dalainville, premier semainier.

2⁰ Dans un article de fond, il justifie le dénouement qui faisait mourir Cassandre, avouant du reste que plus l'effet de cette scène était sensible, plus grand était le nombre des spectateurs qui la désapprouvaient ; il se félicite d'avoir donné à Ladislas, au milieu de la violence de ses passions, plus de noblesse et de générosité que ne

---

[1] Voir, sur cette question de moralité, la page 84 et sqq.

lui en avait laissé Rotrou, et il répond en passant aux critiques de détail exposées par l'*Année Littéraire*.

Fréron répliqua le 5 juin 1759. Il défend Rotrou et M. Colardeau. Il montre combien est singulière l'idée de la mort de Cassandre, imaginée pour punir le coupable; elle le punissait bien mieux en continuant de vivre; il maintient les huées, et en appelle au témoignage des auteurs et des spectateurs. Il discute la valeur du chiffre des recettes de *Venceslas,* s'excusant du reste d'entrer dans ces détails; mais « le bordereau de M. Marmontel l'y a forcé ». Il répond enfin que l'attestation signée Dalainville est un faux témoignage inspiré par Mlle Clairon, l'illustre et fervente amie de M. Marmontel, affirmation qui a été désavouée par les comédiens, et qui a eu pour résultat d'envoyer en prison M. Dalainville, l'auteur de cette démarche inconsidérée. Et il produit à l'appui une lettre de M. Lekain et une lettre de Mlles Gaussin et Dangeville.

Lekain déclare qu'il n'a jamais approuvé les corrections: quand Marmontel les lui a communiquées, il a gardé le plus profond silence: « Peut-» être M. Marmontel a-t-il pris ce silence pour » une admiration d'autant plus forte qu'elle était » muette. » Il s'étonne que M. Marmontel lui reproche d'avoir conservé de l'ancien drame plusieurs couplets retranchés qui donnaient plus de jeu aux passions et plus d'intérêt et de vie à toute la pièce.

Mlles Gaussin et Dangeville à leur tour désavouent le premier semainier Dalainville. Comment les comédiens auraient-ils pu s'engager à certifier que désormais on ne jouerait que le *Venceslas* de M. Marmontel ? A défaut de celui de Rotrou « ne peut-il arriver sans miracle que » quelque autre poète fasse dans cette tragédie » des changements un peu plus heureux que » ceux de M. Marmontel ? »

Enfin Fréron reprend impitoyablement quelques changements de la façon de Marmontel ; ce beau vers de Rotrou notamment, qui rappelait une parole célèbre,

Roi, je n'hérite point des différends du prince,

changé en ce sec hémistiche :

Duc, soyez mon ami. . . . .

et il félicite Lekain de n'avoir tenu aucun compte des observations du correcteur. Il donne alors à Marmontel le conseil de ne plus songer « à ajus-» ter des pièces qui peuvent se passer de ses » raccommodages, mais de faire corriger par » une main habile ses propres drames qui en ont » tant besoin, tels que *Denys le Tyran, Aristo-* » *mène,* les *Héraclides, Cléopâtre* et *Egyptus,* si » cependant quelque écrivain, tant soit peu

» connaisseur, peut s'avilir jusqu'à toucher à de
» pareils avortons. »

Dans le cours de cette polémique, les gen-
tilshommes de la chambre, un peu émus de tout
ce bruit, ayant assemblé quelques personnes de
goût pour comparer le nouveau *Venceslas* avec
l'ancien, il avait été décidé que, si les changements de Marmontel étaient dignes d'approbation,
plusieurs passages du texte original, en ce qui
concerne surtout le rôle de Ladislas, devaient
être rétablis [1]. C'était donc donner gain de cause

---

[1] On trouvera dans l'édition de 1820 des œuvres de Rotrou, et à la suite du *Venceslas*, le *Venceslas* de Marmontel.
Mais on voit par ce qui précède qu'il y eut au moins
quatre textes différents :

1° le texte original de Rotrou ;

2° le texte de Marmontel, première manière ;

3° le texte Rotrou-Colardeau-Lekain ;

4° le texte de Marmontel, deuxième manière, qui finit par
devenir la Vulgate de *Venceslas*. Lekain dans ses *Mémoires*, tome I. p. 17, donne encore quelques éclaircisse-
ments sur la part qui revient à chacun, dans ces corrections
et dans cette querelle. Il déclare que, lorsque l'acteur
chargé du rôle de Ladislas (c'était lui-même) prit le parti
de représenter à Versailles le rôle écrit par le poète original, « la ruse lui réussit si bien que personne ne put
» s'apercevoir de la supercherie de notre jeune acteur, ex-
» cepté M. Marmontel, qui savait mieux ses vers par
» cœur que ceux de Rotrou, dont il ne pouvait sentir ni
» le sens profond, ni la précieuse naïveté ». Il calcule ensuite que le nombre des vers dus à M. Colardeau ne dé-
passe pas la vingtaine. Quoi qu'il en soit nous avons lieu
de croire que c'est le texte n° 4 qui fut suivi, sous le premier Empire, par Talma et ses camarades. Le texte original n'a dû être repris qu'en 1842, à l'Odéon.

à Lekain et c'était au moins un demi-succès
pour M. Colardeau et pour Fréron.

Toutefois désireux d'avoir le dernier mot en
cette affaire, Marmontel fit adresser à Fréron
une lettre anonyme. L'auteur de cette lettre nia
de nouveau, énergiquement, les huées. Mais Fréron maintint son dire, et ébaucha à ce propos
une histoire des sifflets dans les temps modernes :

L'apologiste n'ignore pas sans doute qu'on ne
siffle plus à la Comédie, depuis qu'un détachement
des Gardes françaises veille à la police de ce spectacle : mais on murmure, on bourdonne, on crie *oh !*
et ces murmures et ces bourdonnements et ces cris
ont pris la place des sifflets et les valent bien. On
commença par bailler aux pièces de Boyer ; on jeta
des pommes cuites aux acteurs, à celles de Pradon ;
on siffla pour la première fois à la tragédie d'*Aspar*
par M. de Fontenelle en 1680 ; voilà, si l'on s'en
rapporte à la jolie épigramme de Racine, l'histoire
des différentes façons dont le parterre a témoigné
l'ennui que lui causait une mauvaise pièce nouvelle. La dernière fois qu'on siffla fut à la *Cléopâtre*
de M. Marmontel en 1750. A la fin de la pièce, il
partit un coup de sifflet terrible. Les gardes cher-
chèrent en vain l'homme de goût qui avait rendu
justice à l'ouvrage : il eut l'adresse de s'échapper.

En même temps, Marmontel se faisait adresser
à lui-même, et insérait dans le *Mercure* de Juillet,
une autre lettre où était loué le premier dénouement, qui décidément lui tenait à cœur (la mort
de la duchesse Cassandre). La mort de Cassandre,
disait-on, est dans son caractère, dans sa passion,

dans sa situation ; il est fâcheux que le public ne
l'ait point acceptée :

Quelle ressource reste-t-il à Cassandre? Vivra-
t-elle sous le règne du meurtrier de son époux, elle
qui n'aurait pas daigné vivre même après son supplice? S'exposera-t-elle à être forcée d'entrer dans
un lit couvert du sang de son amant? Que doit-elle
attendre d'un tyran couronné qui, n'étant encore
que sur les marches du trône, a déjà employé la
violence pour assouvir ses transports effrénés? Enfin consentira-t-elle à avoir pour maître, pour
amant, pour protecteur et peut-être pour époux,
un monstre pour qui elle a conçu toute l'horreur que
les plus infâmes attentats peuvent inspirer à l'honneur, à l'amour et à la vertu? En vérité, dans de
telles circonstances, je ne vois pas qu'elle ait à
délibérer et dans son désespoir, il ne lui reste
d'autre ressource que son désespoir ; car, enfin Cassandre n'est pas comme nos dames d'aujourd'hui
qui se consolent assez volontiers de la perte d'un
amant dans les bras même de son rival.

En somme, si le dénouement imaginé par
Rotrou n'avait pas contenté Marmontel, le dénouement imaginé par Marmontel n'avait contenté personne. Pour nous qui voyons dans cette
matière plutôt une question d'art qu'une question de morale, sans vouloir prétendre cependant
que l'art le meilleur soit celui qui laisse la morale
de côté, nous pensons qu'on peut essayer hardi-
ment de justifier Rotrou. Nous le ferons au cha-
pitre suivant, quand nous aurons exposé les
nouveaux griefs du critique Geoffroy.

CHAPITRE V.

VENCESLAS AU THÉATRE-FRANÇAIS
SOUS LE PREMIER EMPIRE.
TALMA ET LE CRITIQUE GEOFFROY : LA QUESTION
DE MORALITÉ DANS LA TRAGÉDIE.

Si certaines parties du *Venceslas* de Rotrou
n'ont pas trouvé grâce devant les corrections de
Marmontel, on se demande ce qui resterait de la
pièce après les critiques de Geoffroy.

Voici d'abord le relevé que nous avons fait des
représentations de *Venceslas* dans le *Registre des
Feux,* que M. François Coppée, bibliothécaire, et
M. Monval, secrétaire-archiviste de la Comédie
Française, ont bien voulu nous permettre de con-
sulter.

Disons d'abord qu'en 1782 *Venceslas* avait été
joué une fois à l'Odéon (c'est l'année suivante
que le sculpteur Caffieri faisait ce buste admirable que possède le foyer de la Comédie Française), et que, le 12 mai 1797, il fut joué au
Théâtre Français de la rue de Louvois [1].

---

[1] POREL et MONVAL, *L'Odéon de 1782 à 1818.*

A partir de l'an X les représentations deviennent plus fréquentes.

An X : *Venceslas* est joué trois fois, avec Monvel dans le rôle de Venceslas, et Talma dans celui de Ladislas.

An XI : *Venceslas* est joué quatre fois.

1806. *Venceslas* est joué deux fois ; Saint-Prix faisait Venceslas ; Talma, Ladislas ; et Mlle Georges, Cassandre.

1807. *Venceslas* est joué six fois : une fois le 29 août, Lafon remplit le rôle de Ladislas.

1808. On joue la pièce aux Tuileries.

1810. On la donne deux fois, avec Saint-Prix dans le rôle de Venceslas, Talma dans celui de Ladislas, et Mlle Duchesnois dans celui de Cassandre.

1811. *Venceslas* est joué cinq fois.

1812 : deux fois.

1813 : une fois.

1816 : quatre fois.

A partir de ce moment nous ne voyons plus rien à relever dans le *Registre des Feux* de la Comédie Française.

Les feuilletons de Geoffroy publiés d'abord dans le *Journal des Débats* apprécient en ces termes la pièce et les acteurs ; on croirait que la

querelle soulevée par Marmontel est sur le point
de se rallumer, car Geoffroy n'y va pas de main
morte :

Venceslas a des grâces à rendre à sa vieillesse :
s'il était né de nos jours, il eût été berné ; mais on
a respecté son âge, on a respecté son auteur, que
Corneille avait la modestie d'appeler son père,
quoiqu'il fût à peine digne d'être son écolier.

Quelques belles situations qui sortent d'un amas
de folies ; un beau caractère, encore difforme et
grossier ; quelques vers pleins d'énergie et même de
sentiment, semés comme des perles sur du fumier :
tel est *Venceslas* de Rotrou.

Cependant le public n'a point paru rebuté des
vices de langage, des longueurs, des grossièretés,
des inepties dont fourmille cette ancienne pièce. Qui
donc a produit ce charme ? Le talent des acteurs, le
génie de Talma (8 frimaire, an XI).

En effet, s'il y a un rôle qui convienne à Talma,
c'est celui de Ladislas, dont le caractère fougueux
semble avoir une sorte d'analogie avec la manière
brusque et saccadée de l'acteur. L'impétuosité sau-
vage de Talma, sa chaleur et son énergie, quoiqu'elles s'emportent souvent au-delà de la mesure,
produisent un grand effet dans ces sortes de rôles, et
peut-être ont beaucoup d'art parce qu'elles ne pa-
raissent pas en avoir. (20 pluviôse an XI.)

Geoffroy regrette l'impunité dont jouit Ladislas, et le couronnement du meurtrier. Il trouve
qu'il y a là une grande immoralité :

Tant pis pour le théâtre et pour nous, si les vices
des brigands sont aimables sur la scène, et si l'au-
dace qui brave toutes les lois de la nature et de la

Venceslas.   6

société flatte notre inclination [1] ; la tragédie est
alors un amusement très funeste, plus propre à exci-
ter qu'à purger les passions nuisibles à l'ordre. On
ne doit jamais faire porter le principal intérêt d'une
tragédie sur un coupable ; on doit toujours nous le
montrer puni, et balancer, par la terreur du châtiment, la pitié qu'on s'efforce d'inspirer pour une
passion criminelle.

Il compare ensuite Ladislas à Vendôme et le
trouve, il est vrai, moins coupable ; mais néan-
moins, « aucun jury ne pourrait l'absoudre sur
la question intentionnelle ». Le public, ajoute
Geoffroy, applaudit beaucoup le récit du crime de
Ladislas :

Il applaudit en récit ce qu'il a sifflé en action dans
le *Roi et le Laboureur* (tragédie de Louis Mercier). Le
roi est même moins coupable que Ladislas. Or,
dans les deux cas, c'était Talma qui jouait [2]. On
prête ordinairement sur la scène quelques vertus à
ces scélérats privilégiés auxquels une grande passion donne le droit du crime. Rotrou n'a pas pris la

---

[1] Fontenelle avait dit que ce jeune fou de Ladislas « est
» aimable avec tous ses vices, parce que tout ce qui a un
» air de hardiesse, d'élévation et d'indépendance flatte na-
» turellement notre inclination ».

[2] Ce n'est pas le crime en lui-même ni pour lui-même
que le public applaudit en écoutant le récit de Ladislas,
c'est l'art avec lequel est composé ce récit, l'émotion du
personnage, l'erreur et l'aveuglement où il est plongé, et
tous ces incidents qui font de cette scène quelque chose
d'achevé, et nous procurent une suite d'émotions et de sur-
prises admirablement combinées : c'est le talent de l'auteur
que l'on applaudit, en dehors de toute adhésion à l'acte criminel qui fait le fond du drame.

peine de farder son Ladislas. C'est un jeune homme
brutal et féroce qui, par passe-temps, s'amuse tous
les soirs à assommer les passants dans les rues et
sur les grands chemins, ce qui, comme on voit, est
fort aimable ; son père lui en fait le reproche très
formellement, et il ne s'en justifie pas. J'ai entendu
dire qu'un comte de Charolais s'amusait à tirer les
couvreurs sur les toits, comme on tire des moi-
neaux ; mais je n'ai jamais entendu dire que ce di-
vertissement le fît aimer du peuple (20 pluviôse
an XI).

Ailleurs, Ladislas était qualifié de « jeune
enragé », Venceslas « d'homme facile et bon jusqu'à l'imbécillité » et de « vieillard en enfance »
(20 prairial, an X).

L'auteur relève encore « une foule de fautes
contre l'histoire, la décence et la dignité théâ-
trale ». A côté de cela, il reconnait à cette pièce
un mérite extrêmement rare :

C'est le naturel et la naïveté, c'est un caractère
de simplicité antique ; c'est enfin une chaleur, une
force, une vérité de dialogue qui n'est pas même
étouffée par les antithèses et les jeux de mots dont
le style est parsemé (20 pluviôse, an XI).

Après avoir rendu justice à Talma, Geoffroy
appréciait le talent de Monvel dans le rôle de
Venceslas :

Intelligence, sensibilité, énergie, Monvel à tout :
il ne lui manque que la parole . il dit admirablement
bien, mais on perd la moitié de ce qu'il dit (26 prairial an X).

Ce qui ne l'empêcha pas, parait-il, d'être rappelé et vigoureusement applaudi.

*
* *

Nous venons de voir toutes les critiques que l'on peut faire du caractère de Ladislas et du dénoûment de la pièce, exposées avec une abondance, et parfois même une sévérité vraiment impitoyable. Y a-t-il quelque chose à répondre à cela? Oui, sans doute. D'abord, c'est un beau spectacle que le pardon d'un père : les pères sont faits pour pardonner. Brutus et Manlius ont condamné leurs enfants; don Carlos meurt dans l'histoire comme sur le théâtre; Pierre le Grand sera sans pitié pour le czarowitz Alexis : Venceslas, lui, plus vrai et plus humain qu'eux tous, sauve en la couronnant la tête de son fils :

Ille crucem sceleris pretium tulit, hic diadema[1].

Ensuite ne craignons pas de l'avouer, le crime même de Ladislas, qui ne doit en somme qu'à une fatale méprise toute son atrocité, ce crime nous fait prendre en pitié le malheureux. Pour ramener cet homme à la vertu, il fallait qu'il tuât son frère. C'est un horrible baptême sans doute que le baptême du sang; toutefois, il y a

---

[1] JUVÉNAL, sat. XIII, v. 105.

des gens qui en sortent régénérés, comme de ces
bains tout fumants, où l'on plonge, dans certaines
salles de nos abattoirs, les anémiques et les ma-
lingres. Ladislas, lui, y a laissé toutes ses souil-
lures. Le repentir de ce criminel, les suffrages
populaires, la réconciliation avec Féderic, tout
cela ne suffit pas encore : il faut que la duchesse
Cassandre y ajoute, et promette pour l'avenir,
le don de sa main, et consacre, en l'épousant, la
réhabilitation du meurtrier. Alors, prêt à partager la couronne avec elle, Ladislas pourra dire
en toute vérité :

Ma flamme a consumé ce qu'elle avait d'impur.

En fixant dans un commun rapprochement la des-
tinée de tous les personnages, en purgeant leurs
passions aussi bien que les nôtres, pour employer
une expression chère à Corneille, le poète obéis-
sait à une loi secrète d'harmonie. Rien ne prouve-
t-il mieux d'ailleurs la nécessité de certains dé-
noûments, que l'insuccès de tous ceux que l'on
met à leur place?

Sans doute c'est un malheur que l'infant
Alexandre périsse. Mais c'est un malheur aussi
que Britannicus soit empoisonné. Hippolyte mau-
dit et mis en pièces; et j'avoue que toutes les fois
que je lis *Rodogune,* la mort du jeune Séleucus
me laisse inconsolable. De plus, l'infant Alexandre
n'a été en toute cette affaire que médiocrement

vertueux : il est de ceux « qui tombent dans le
malheur par quelque faute qui les fait plaindre »,
comme disait Racine dans la préface d'*Andro-
maque*. Le *Mercure* de 1730 remarque fort bien
qu'Alexandre découvre le duc pour se couvrir lui-
même, ce qui n'est pas très généreux. Et c'est
précisément pour n'être point brave qu'Alexandre
meurt; car s'il avait été brave, s'il s'était présenté de face, s'il s'était offert en pleine lumière
aux coups de Ladislas, l'épée de Ladislas serait
tombée de ses mains. Donc si Ladislas a rencontré
ce crime, il ne l'avait pas cherché, et quelque criminel qu'il fût, Ladislas au fond ne l'était pas
encore assez pour mériter de tuer son frère.

L'essentiel, c'est qu'il fallait qu'il tuât quelqu'un, ou son frère ou le duc; car de même que
tous les héros ne sont pas des Céladons, Ladislas
n'est point un modéré. Il eût été plus moral assu-
rément qu'il ne tuât personne, mais alors Rotrou
n'eût pas fait sa tragédie, ni Marmontel ses corrections, ni Fréron ses remarques, ni Geoffroy
son feuilleton du *Journal des Débats,* ni nous
même... Un critique s'était avisé de dire un jour
qu'Hélène aurait mieux fait de ne point venir
voir aux portes Scées le combat des Grecs et
des Troyens. A quoi un autre critique répondit
qu'une fois que l'on prend des convenances, l'on
n'en saurait trop prendre, et qu'il eût été infini-
ment plus convenable encore qu'Hélène restât

chez elle à Sparte, et ne quittât jamais son mari ;
seulement Homère n'aurait pas fait l'*Iliade,* ni
l'*Odyssée* par contre-coup.

Quant au mariage probable de la duchesse Cassandre avec Ladislas devenu roi, est-ce là un fait
absolument invraisemblable ? Nous sommes en
Hongrie, en Pologne, en Bohême, au moyen-âge
sans doute : ne rencontre-t-on pas des choses
encore plus étonnantes dans l'histoire de ces trois
pays? Et sans aller si loin, Rotrou qui a si bien
traduit, dans la dernière scène de *Venceslas,* la
parole célèbre du prince jadis révolté, battu et
prisonnier à Saint-Aubin-du-Cormier,

Roi, je n'hérite pas des différends du prince,

Rotrou nous rappelait précisément, avec ce souvenir, cette histoire de Bretagne où un jeune roi
« petit de corps mais grand de cœur » conquérait
sa femme à la pointe de son épée. Qu'on relise
dans d'Argentré ce siège de Rennes, où la jeune
Anne est enfermée, réduite aux abois, appelant à
son secours l'Angleterre et l'Autriche, mais bien
décidée à ne pas subir la loi de ses ennemis, c'est-
à-dire des Français, auxquels elle reproche les malheurs de sa patrie et la mort de son père, « chargé
» d'ennuis, de vieillesse et de mélancolie. »
« La duchesse de tout son cœur, ajoute le vieux
» d'Argentré, était bandée du côté de Maximilien,
» et plutôt se fût accordée à tous autres, ne pou-

» vant soumettre son cœur au roi qui lui faisait la
» guerre, voyant qu'il ne cessait de la poursuivre,
» piller et massacrer ses sujets. Aussi son ma-
» riage avait-il été célébré par procuration et les
» actes publics n'étaient plus rédigés qu'au nom
» de Maximilien et d'Anne, par la grâce de Dieu
» roy et royne des Romains, duc et duchesse de
» Bretagne. »

Mais Charles VIII ne s'embarrassait pas pour
si peu ; une puissante armée était sur pied, trois
mille chevaux amenaient l'artillerie française, le
pays était dévasté par les gens de guerre les
officiers de la duchesse pris et mis à mort ; toutes
les colères et les haines étaient déchaînées...
Tout à coup la scène change : Charles VIII est
admis en présence de la jeune princesse Anne ; il
entre dans Rennes « à son simple train, et sans
gens d'armes », et il emporte la promesse de mariage de l'héritière du duché de Bretagne. L'her-
mine (candida candidis) allait s'unir aux fleurs
de lys de la maison de France, et quelques années
plus tard au porc épic de la maison d'Orléans ; et
tout cela au grand déplaisir et à la grande confusion : 1° de Marguerite d'Autriche, fiancée de
Charles VIII, qu'il fallut renvoyer à ses parents ;
2° de Maximilien et de son ambassadeur, qui au
nom de son maître, et pour consacrer des engage-
ments solennels, avait déjà mis sa jambe, suivant
l'usage, dans le lit de la duchesse Anne. L'attrait

de cette triomphante couronne de France avait
opéré ce miracle. La couronne de Pologne pourra
bien en produire un semblable sur l'esprit de la
duchesse de Cunisberg; décidément Cassandre
n'a rien de mieux à faire que d'épouser Ladislas,
et tout porte à croire que Ladislas la rendra
fort heureuse.

CHAPITRE VI.

VENCESLAS A L'ODÉON EN 1842,
A DREUX LE 30 JUIN 1867,
ET AUX MATINÉES LITTÉRAIRES DE BALLANDE,
EN 1873 ET EN 1875.

Venceslas, représenté à l'Odéon le 22 novembre
1842, ne parait pas avoir fait sur le public, ni
dans la presse, l'impression que devait produire
en 1845, le *Véritable Saint-Genest.* Les principaux
journaux de l'époque sont assez sobres de commentaires. J. Janin est très froid, et consacre à
peine quelques lignes à cette vieille tragédie
« née après le Cid, et qui porterait sans peine au
» moins cinquante ans de plus ». Il est vrai que
les *Débats* poursuivaient à ce moment-là, et
presque sans relâche, la publication des *Mystères
de Paris,* d'Eugène Sue, ce qui restreignait d'autant la part laissée aux feuilletons et à la chro-
nique des Théâtres.

Théophile Gautier, dans la *Presse,* vante les
beautés de la pièce et nous apprend qu'on l'avait
dépouillée pour la circonstance des corrections
académiques de Marmontel : il admire tout par-

ticulièrement l'exposition qui se fait sans con-
fidents et sans récits.

Le feuilleton du *National* (signé X) est fort
intéressant. L'auteur anonyme analyse et appré-
cie le caractère de Ladislas : « c'est de lui, dit-il,
» que sont nés tous les héros ardents, effrénés et
» sombres de notre scène tragique. Ladislas a
» quelque chose d'Othello ». Faisant allusion à la
dispute de Marmontel et de Fréron, le critique
rappelle ce mot heureux de Grimm qui avait, lui
aussi, pris parti dans la querelle : « dans les
hommes de génie, tout est précieux, jusqu'aux
défauts, et c'est une sottise de vouloir les corriger ».

Nous partageons sans doute l'avis de Grimm
et du *National :* mais nous demandons tout au
moins à y ajouter, sinon comme correction, au
moins comme correctif, cette pensée de Voltaire :
« Quiconque ne sait pas reconnaitre les défauts
» des grands hommes, est incapable de sentir le
» prix de leurs qualités. »

Le *National* nous donne aussi les noms des
deux principaux acteurs de l'Odéon qui jouèrent à
cette représentation du 22 novembre 1842. L'un
était Rouvière, « qui a eu quelques éclairs dans
» le rôle de Venceslas, l'autre, un jeune homme
» appelé Maubant qui a fait espérer un tragique
» de la sombre espèce dans les sanglantes amours
» de Ladislas ».

Nous avons vu dans un volume précédent que la représentation du *Véritable Saint-Genest*, en 1845, avait porté bonheur à un jeune auteur du nom d'Octave Feuillet[1]. *Venceslas* aussi devait porter bonheur au jeune débutant appelé Maubant. Nous allons le retrouver à Dreux, le 30 juin 1867, dans toute la maturité de son talent. Cette fois-ci, comme jadis le vieux Baron, l'acteur échangera le rôle de Ladislas, contre celui du roi de Pologne.

Quand on arrive à Dreux, par la route qui mène à Paris, en descendant la colline où reposent de nobles princes français[2], sur la place voisine du vieux beffroi, une statue en bronze attire les regards. Les traits du visage rappellent sans doute ce buste de Caffieri tant admiré au foyer de la Comédie Française. Mais l'expression plus énergique de la physionomie, l'attitude

---

[1] *Histoire du Véritable Saint-Genest*, page 91.

[2] Le roi Louis-Philippe et la reine Marie-Amélie; Madame Adélaïde;
La princesse Marie de Wurtemberg;
Le duc et la duchesse d'Orléans;
La duchesse d'Aumale et ses fils, le duc de Guise et le prince de Condé;
Le prince Ferdinand de Montpensier, infant d'Espagne, etc...

résolue du personnage, cette robe de magistrat qui l'enveloppe, ce papier qu'il tient à la main, tout montre que le sculpteur[1], choisissant dans la vie de son modèle une heure décisive, a voulu fixer le souvenir d'une grande pensée et d'une belle action. C'est en effet le plus généreux et le plus dévoué, en même temps que le plus illustre de ses enfants, dont la ville de Dreux célébrait la mémoire, en inaugurant, le 30 juin 1867, la statue de Rotrou[2].

Des discours furent prononcés par le maire, M. Mésirard ; le Préfet d'Eure-et-Loir comte de Charnailles ; MM. de Falloux et Legouvé, au nom de l'Académie ; M. Edouard Thierry, au nom de la Comédie Française. Dans son discours M. Edouard Thierry annonçait pour le soir la re-présentation de *Venceslas* :

Ce soir, nous essaierons de dire *Venceslas*, non pas sans doute dans son entier développement ; l'heure limitée, le cadre étroit ne l'auraient pas permis ; mais du moins si nous avons retranché quelque chose, nous n'avons rien défiguré ; nous avons respecté cette forte et généreuse langue de Rotrou que Lekain a défendue contre Marmontel et qui n'a plus besoin d'être défendue contre personne. C'est elle que nous

---

[1] M. Allasseur. On peut voir aussi à l'Hôtel-de-Ville de Dreux une jolie maquette de M. Hubert Lavigne.

[2] M. Lamésange, maire de Dreux, mort en 1859, avait légué dans ce but à ses concitoyens une somme de 16,000 francs.

parlerons avec respect, avec amour, en songeant que
nous la parlons si près de cette image. La statue du
poète sur son piédestal, et *Venceslas*, à deux pas,
sur la scène ; l'une dira comment il a mérité l'autre,
et attestera qu'il l'a bien méritée.

Et de fait c'était peut-être la première fois
qu'une œuvre de Rotrou était jouée dans sa
ville natale. La représentation eut lieu comme
l'avait annoncé l'Administrateur de la Comédie
Française, précédée du prologue des *Sosies*
que vint dire Mlle Tordeus. Les acteurs étaient
MM. Maubant (Venceslas), Guichard (Ladislas),
Sénéchal, Masset et Mazoudier ; MM^lles Ponsin
(Théodore), Tordeus (Cassandre) et Barretta[1].
Inutile de dire si les compatriotes de Rotrou leur
firent bon accueil !

Nous ne retrouverons plus maintenant *Venceslas* qu'en 1873 (12 janvier), et en 1875 (14 novembre), aux matinées littéraires de Ballande
(Théâtres de la Gaîté et de la Porte Saint-Martin).
Voici quelle était la distribution des rôles dans
la matinée de janvier 1873 :

---

[1] Rose Barretta est morte aujourd'hui. C'était la sœur
aînée de Mlle Blanche Barretta.

MM. :

Venceslas .... MAUBANT [1].
Ladislas .... DUPONT-VERNON [2].
Alexandre .... MONVAL [3].
Féderic .... JOUMARD.
Octave................ DELACOUR.

Mlles :

Cassandre............. Jeanne PAZAT.
Théodore.............. Berthe FAYOLLE [4].
Léonor .... LEFEBVRE.

---

[1] Sociétaire de la Comédie Française.

[2] Pensionnaire de la Comédie Française.

[3] Elève de Regnier, et aujourd'hui secrétaire-archiviste de la Comédie Française, directeur du *Moliériste* et l'un des auteurs du livre que nous avons cité dans la note de la page 79.

[4] Pensionnaire de la Comédie Française.

CHAPITRE VII.

LES IDÉES POLITIQUES DANS *VENCESLAS* ET DANS LES ŒUVRES DE ROTROU.

On trouve çà et là dans *Venceslas* de beaux vers sur les droits et les devoirs de la Royauté et sur les difficultés de ce métier. Nous avons cité plus haut un passage, où l'allusion aux grands services que le cardinal de Mazarin rendait à la France parait évidente. Peu de temps après, Rotrou célébrait encore, dans une *Elégie* placée en tête de la tragédie de *don Bernard de Cabrère,* les mérites du cardinal, comme il avait célébré jadis, dans une ode placée en tête de l'*Hercule Mourant,* les mérites de Richelieu. C'est Mazarin, disait-il,

. . . . dont la haute intelligence
Maintient nos alliés et contient nos mutins ;

Et il souhaitait que l'habile ministre fit enfin « remonter la paix sur le trône des lys ».

On pourrait relever dans les œuvres de Rotrou, comme on l'a fait pour les œuvres de Corneille, un certain nombre de sentences po-

litiques qu'il serait intéressant de commenter.
Nous ne faisons qu'indiquer ici ce point de vue.
Lieutenant du roi et représentant de l'autorité,
Rotrou pratiquait cette maxime qu'inscrivait à
la même époque, sur une de ses thèses en Sor-
bonne, un étudiant du nom de Bossuet ; cette
maxime dont la rigoureuse et loyale application
a rendu, à toutes les époques de son histoire,
la France glorieuse, puissante et respectée :
Timete Deum et honorificate Regem : Craignez
Dieu et honorez le Roi. Non qu'il fût partisan
aveugle de l'obéissance passive ; le libre examen
est au contraire chez lui une forme nouvelle de
son culte. Il admet de légitimes revendications :
il veut que les lois du souverain, comme ses
mœurs, soient bonnes :

C'est par où se maintient le respect des couronnes[1].

Il n'eût pas été le sujet tolérant de ce Ladislas
féroce dont il fut le poète inspiré ; mais il aurait
adoré son vieux Venceslas !

Je pardonnerais à mes propres sujets,

dit-il encore,

Les troubles excités par mes mauvais projets ;
Partout où la raison réglera la puissance,
On pourra s'assurer de mon obéissance :

---

[1] Achille, dans *Iphigénie*, III, 5.
   Venceslas.

Où je verrai manquer cette condition,
Là manquera mon zèle et ma soumission.

Mais il approuve l'emploi des moyens énergiques, lorsqu'il s'agit d'assurer le respect des
puissances légitimes :

La perte d'un sujet dangereux à l'Etat
Avant tout autre soin importe au potentat :
Tel membre retranché du corps d'une province
Est le salut du reste et le repos du prince [1].

Ces deux citations sont dignes du magistrat,
du parent de ces Rotrou qui défendaient à Dreux,
au prix de leur sang, les droits de Henri IV (cf.
le Tableau généalogique, page 104). Rotrou n'eut
pas la consolation de voir, avant de mourir, la
paix rendue à la France et remontant sur le
« trône des lys ». Les princes arrêtés ; ses meil-
leurs amis, le comte de Fiesque notamment, ce
grand seigneur libéral et frondeur, si bien peint
dans le *Grand Cyrus* sous le nom de Pisistrate,
exilés de Paris ; Turenne dans Stenai traitant
avec les Espagnols ; la famine et le fléau des épi-
démies s'ajoutant aux ravages de la guerre ; tels
étaient les malheurs et les maux dont la nouvelle
ou le spectacle ne durent point laisser insensible
ce cœur de poète, cette âme de citoyen. Il put
apprendre du moins dans les derniers jours de sa

---

[1] *Laure persécutée,* III, 3.

vie que le dévouement et la fidélité obtiennent
encore ici-bas leur récompense.: Pierre Corneille,
par ordre du roi reconnaissant de son attache-
ment et de ses bons services, venait d'être élevé
à la charge importante de Procureur-Syndic des
Etats de Normandie [1].

Quant au lieutenant civil du bailliage de Dreux,
quant à l'auteur de *la Bague de l'Oubli*, de *Clarice*,
d'*Agésilan de Colchos*, de la *Sœur* et des *Sosies*, du
Véritable Saint-Genest, de *Venceslas* et de *Cosroès*, c'est dans un autre monde qu'il devait trouver son salaire.

---

[1] CHÉRUEL, *Histoire de France pendant la minorité de
Louis XIV*, tome IV, p. 30.

FIN.

APPENDICE

NOTES CRITIQUES ET BIOGRAPHIQUES
SUR LE POËTE ROTROU

§ I

LA FAMILLE DE ROTROU.

Nous donnons à la page suivante un fragment, et rien qu'un fragment, de l'arbre généalogique.

On voit par ce tableau que le poète Rotrou était le cousin germain de Claude, maire de Dreux, qui mourut pendant l'épidémie, laissant au lieutenant civil, avec son exemple à suivre, le devoir plus impérieux encore de rester à son poste.

On voit également que Rotrou avait trois sœurs : l'une d'elles est la Bellinde de Godeau « cette farouche bergère », à laquelle le nain de la princesse Julie, le futur évêque de Grasse et de Vence, adressait des lettres célèbres en leur temps, et conservées aujourd'hui dans les papiers de Conrart (voir l'abbé Tisserand, *Etude sur Godeau*).

Rotrou épousa le 9 juillet 1610, d'après Jal (*Dictionnaire Critique*), Marguerite Camus de Mantes. Nous n'avons pu retrouver, ni dans les archives de l'Hôtel-de-Ville ni dans les études des notaires de Mantes, aucun acte relatif à ce mariage. Nous avons seulement relevé dans les registres de la mairie de Mantes, à l'année 1615, l'acte de naissance de l'épouse de Rotrou, et à la date de 1615 un acte de baptême où figure comme marraine « demoiselle Marguerite Camus, femme de noble homme M. J. de Rotrou, conseiller du roy, lieutenant particulier de Dreux ».

Du mariage de Rotrou avec Marguerite Camus

FRAGMENT DE L'ARBRE GÉNÉALOGIQUE.

JEAN DE ROTROU,

né vers 1430, procureur au bailliage et siège royal de Dreux.

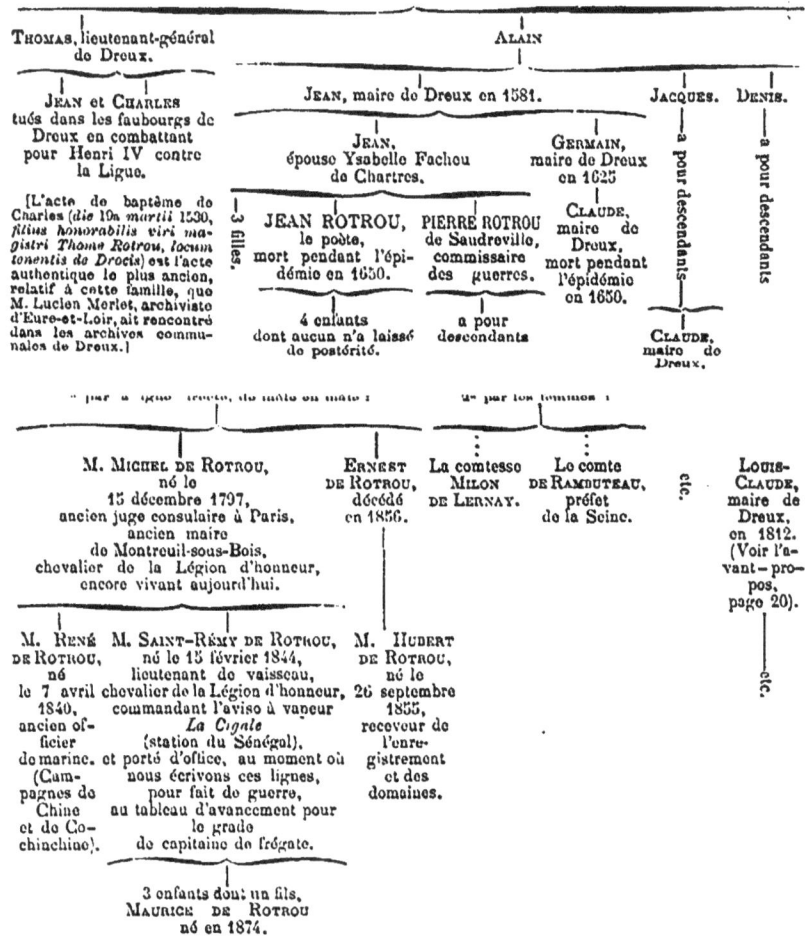

THOMAS, lieutenant-général de Dreux.

ALAIN

JEAN et CHARLES
tués dans les faubourgs de
Dreux en combattant
pour Henri IV contre
la Ligue.

[L'acte de baptème de
Charles (*die 19a martii 1530,
filius honorabilis viri ma-
gistri Thomæ Rotrou, locum
tenentis de Drocis*) est l'acte
authentique le plus ancien,
relatif à cette famille, que
M. Lucien Merlet, archiviste
d'Eure-et-Loir, ait rencontré
dans les archives commu-
nales de Dreux.]

JEAN, maire de Dreux en 1581.

JEAN,
épouse Ysabelle Fachou
de Chartres.

3 filles.

JEAN ROTROU,
le poète,
mort pendant l'épi-
démie en 1650.

4 enfants
dont aucun n'a laissé
de postérité.

PIERRE ROTROU
de Saudreville,
commissaire
des guerres.

a pour
descendants

GERMAIN,
maire de Dreux
en 1625

CLAUDE,
maire de
Dreux,
mort pendant
l'épidémie
en 1650.

CLAUDE,
maire de
Dreux.

JACQUES.   DENIS.

a pour descendants

a pour descendants

« par » «que» «reste», «do mâle en mâle »

«» par les femmes »

M. MICHEL DE ROTROU,
né le
15 décembre 1797,
ancien juge consulaire à Paris,
ancien maire
de Montreuil-sous-Bois,
chevalier de la Légion d'honneur,
encore vivant aujourd'hui.

ERNEST
DE ROTROU,
décédé
en 1856.

La comtesse
MILON
DE LERNAY.

Le comte
DE RAMBUTEAU,
préfet
de la Seine.

etc.

LOUIS-
CLAUDE,
maire de
Dreux,
en 1812.
(Voir l'a-
vant—pro-
pos,
page 20).

M. RENÉ
DE ROTROU,
né
le 7 avril
1840,
ancien of-
ficier
de marine.
(Cam-
pagnes de
Chine
et de Co-
chinchine).

M. SAINT-RÉMY DE ROTROU,
né le 15 février 1844,
lieutenant de vaisseau,
chevalier de la Légion d'honneur,
commandant l'aviso à vapeur
La Cigale
(station du Sénégal),
et porté d'office, au moment où
nous écrivons ces lignes
pour fait de guerre,
au tableau d'avancement pour
le grade
de capitaine de frégate.

M. HUBERT
DE ROTROU,
né le
26 septembre
1855,
receveur de
l'enre-
gistrement
et des
domaines.

etc.

3 enfants dont un fils,
MAURICE DE ROTROU
né en 1874.

sont nés, non pas trois, mais quatre enfants, dont
nous avons vu les actes de baptême dans les registres de la Ville de Dreux [1]. Notre poète avait eu
bien raison de dire que

La pureté rend la couche féconde [2]...

C'est l'année même de *Venceslas* que Rotrou voyait
naître son quatrième enfant : il pouvait relire alors
avec son aimable compagne ces vers d'une de ses
pièces :

Et comme les enfants sont d'agréables nœuds
Qui resserrent les cœurs et réchauffent les vœux,
Ces fruits de notre hymen en accrurent la flamme;
Nous ne faisions qu'un cœur, nous ne faisions qu'une âme [3].

Dans les actes conservés aux archives de la ville
de Dreux, Rotrou prend successivement ou simul-
tanément les titres de : Noble homme Jehan de
Rotrou — seigneur de Thoisy — gentilhomme ordinaire de Mgr l'Eminentissime cardinal duc de Richelieu — conseiller du roy — lieutenant particulier
civil et criminel — assesseur et commissaire exami-
nateur au conté et baillage de Dreux.

Des quatre enfants du poète, aucun n'a fait souche; mais le nom de Rotrou, comme on le voit

---

[1] Le lundi 22 juin 1643, *Françoise-Marie.*
Le 24e jour de décembre 1644, *Jean.*
Le dimanche 23 septembre 1646, *Élisabeth.*
Le dimanche 15 décembre 1647, *Claude,* « levé sur les
» saints fonts de baptême par noble homme M. Claude
» Rotrou, maire de la ville et fauxbourgs de Dreux, et par
» honorable femme Marie Rotrou, veufve de feu hono-
» rable homme Nicolas Delacour, vivant bourgeois dudict
» Dreux ».
[2] *Iphigénie,* IV, 3.
[3] *Ibid.*

par notre tableau, s'est conservé jusqu'à nos jours
dans la descendance directe de Pierre Rotrou de Saudreville, son frère, commissaire général ou intendant
général (car il porte indistinctement ces deux titres
dans les pièces authentiques qui nous ont été communiquées), pendant la guerre de Trente Ans.

Il s'en faut de beaucoup que notre tableau généalogique comprenne toutes les branches du nom
de Rotrou. Il existe encore de nombreux collaté-
raux, plus éloignés toutefois de la branche frater-
nelle du poëte, soit à Dreux soit dans les environs.
Nous en connaissons même un à Rome, qui était, il
y a quelques années, agent consulaire de France à
Chieti, dans les Abruzzes.

§ II.

LES SOURCES DE LA BIOGRAPHIE DE ROTROU.

Les archives communales de la ville de Dreux,
dont M. Lucien Merlet, archiviste d'Eure-et-Loir, a
publié l'analyse en 1875, mentionnent en ces termes
le baptême de Rotrou : « Le vendredi 21° aoust 1609,
» fut baptisé Jehan, filz de honnorable homme Jehan
» Rotrou, bourgeois de Dreux, et de dame Ysabelle
» Facheu, ses père et mère... etc.[1]. » Le registre des

---

[1] A la suite de cet acte, on lit dans l'Analyse des archives communales publiées par M. Lucien Merlet, cette
mention : « Le 14° de may 1610, Henry le Grand, d'heu-
» reuse mémoire, roy de France et de Navarre, fut prodi-
» toirement tué par François Ravaillac, natif d'Angoulême

obits conservé à l'Hôtel de Ville de Dreux indique
« l'inhumation de M. le lieutenant particulier de Rotrou » à la date du 28 juin 1650.

De tout ce qui a été écrit sur la vie de Rotrou, il
n'y a de rigoureusement exact à nos yeux que la notice placée en 1728 par Le Clerc en tête du Dictionnaire de Richelet et la notice insérée en 1738 par dom
Liron, l'auteur de la *Bibliothèque Chartraine*, dans
ses *Singularités historiques*. Le Clerc et dom Liron
avaient composé leurs articles d'après un mémoire de
Pierre Rotrou de Saudreville, frère du poète : tout
ce qui a été écrit sur la vie de Rotrou en dehors de
Le Clerc et de dom Liron n'a aucune valeur historique, et nous considérons tout particulièrement
comme apocryphes ou comme dépourvus d'authenticité les documents suivants :

1º Deux lettres de Rotrou à Richelieu au sujet de
la fondation de l'Académie française. Offertes à la
ville de Dreux par un savant mathématicien, enfant
du pays chartrain, ces deux lettres faisaient partie
d'une collection d'autographes qui a donné lieu jadis
à un procès retentissant.

» qui fut, par arrest du Parlement de Paris, condamné à
» avoir le point couppé et tiré à quatre chevaux, aiant fait
» amende honorable devant la grande porte de Notre-Dame
» de Paris. »
Et un peu plus haut, on trouve ce détail qui peut inté-
resser les biographes : « Le jeudi 29e de septembre 1605,
fut baptisé Anthoine, né le 24 septembre, filz de noble homme
maistre Antoine Godeau, lieutenant des eaux-et-forestz du
conté de Dreux, et de Jehanne Targé, ses père et mère.
Parains mestre Pierre Moinet, licentier ès loys, et honeste
personne Jehan Mussart... » Le 24 septembre 1605, ajoute
M. Lucien Merlet, telle est la date précise de la naissance
d'Antoine Godeau, date qui n'a jamais été donnée exactement par aucun biographe.

2° La prétendue lettre autographe que Rotrou écrivit à son frère au moment de l'épidémie. Cette lettre autographe a été copiée dans le *Dictionnaire historique* de 1822 par la même main qui savait si bien contrefaire l'écriture de Pascal. En voici le texte tel que le faussaire auquel nous faisons allusion l'a pris sans rien changer à cette rhétorique affectée que l'orthographe des mots transcrits dans une forme plus archaïque :

Je vous ay escrit, mon frère, que la ville de Dreux estait en ce moment ravagée par une épidémie qui ressemble assés à la peste, et que ce fléau me rappelait la situation de Thèbes sous le règne d'Œdipe. Sur ce, vous venés de me répondre en style poétique : « Fuis, malheureux, fuis ces lieux empestés, fuis ce séjour affreux plein du courroux céleste, fuis cette ville habitée par la mort dévorante, et viens vers ton frère qui t'attend les bras ouverts : là tu trouveras un asyle digne de toy. » Je suis bien sensible à vostre response, mon cher frère, et vous remercie bien sincèrement de vostre bonne intention pour moy. Mais le salut des citoyens m'est confié : j'en réponds à la patrie. Je ne trahirai point l'honneur et ma conscience, je périrai à mon poste. Au moment où je vous escris cette lettre, les cloches sonnent pour la vingt-deuxième personne qui est morte aujourd'hui. Ce sera pour moy quand il plaira à Dieu. Sur ce, je souhaite à vous tous santé et plaisir, et vous prie d'agréer mon amitié.

Voici maintenant le passage de l'article que dom Liron composa d'après le mémoire communiqué par Pierre Rotrou de Saudreville [1] : c'est à ce texte

___

[1] Ce mémoire de Pierre Rotrou de Saudreville avait été remis à Dom Liron qui avait oublié de parler du poète Rotrou dans sa *Bibliothèque Chartraine*. — Dom Liron le communiqua à Le Clerc qui en fit usage pour ses notices biographiques imprimées en 1728, en tête du dictionnaire

unique qu'il faut s'en tenir pour raconter les circonstances de la mort de Rotrou et ses dernières paroles :

Cela obligea son frère, qui dès la plus grande jeunesse
s'était établi à Paris, de lui écrire et le prier fortement de
sortir de Dreux, et de venir chez lui, ou de se retirer dans
une terre qui lui appartenait entre Paris et Dreux. Mais
Rotrou répondit fort chrétiennement à son frère qu'étant
seul dans la ville qui pût veiller avec autorité pour y faire
garder la police nécessaire, afin de tâcher d' la purger du
mauvais air dont elle était infectée, il n'en pouvait sortir,
le Lieutenant Général étant à Paris pour des affaires qui
l'y retiendraient longtemps, et le maire venant de mourir :
que c'était la raison qui l'avait obligée (sic) de remercier
Madame de Clermont d'Antragues[1] de la grâce qu'elle lui
voulait faire de lui donner un logement dans son château
qui n'était éloigné que d'une lieue de Dreux, et celle dont
il le priait de trouver bon qu'il se servît pour n'accepter
pas les offres qu'il lui faisait. Il finissait sa lettre par ces
paroles mémorables : Ce n'est pas que le péril où je me
trouve ne soit fort grand puisqu'au moment où je vous
écris les cloches sonnent pour la vingt-deuxième personne
qui est morte aujourd'hui. Ce sera pour moi quand il plaira
à Dieu. Je suis.....

---

de Richelet, notices qu'il intitule *Bibliothèque du Richelet.*
— En 1738 dom Liron parla à son tour, d'après le mémoire dont il était le possesseur, du poète Rotrou dans
ses *Singularités historiques.*

[1] Famille druide. — Dans les archives municipales de la
ville de Dreux on trouve, à la date du 13 juillet 1581, le
baptème d'un enfant « levé sur les sainctz fons de baptème »
par la femme de « hault et puissant seigneur messire
» Richer de Balsac, chevallyer de l'ordre du Roy, capi-
» taine de la première et ancienne bande françoyse des
» gardes-du-corps de S. M., seigneur de Clèremont, En-
» tragues, Mésières, Le Mesnil, Auneau, Marsauceux, Mo-
» ronval, Maumuscet et Clos-Morin ». Une des nièces de

L'exactitude et la précision de ce morceau nous obligent également de révoquer en doute cette première phrase : « Le salut de mes concitoyens m'est » confié, j'en réponds à ma patrie », qu'on peut lire dans toutes les notices biographiques, et qui même est inscrite sur le socle de la statue de Rotrou à Dreux.

3° La dédicace d'un exemplaire de la *Bague de l'Ouòli* avec cette inscription : Donné à J. B. Poquelin par son amy Rotrou et plus bas : *Ex Libris* J. B. P. Molière. Même origine que les documents qui précèdent.

Nous considérons aussi comme dépourvues d'authenticité, attendu qu'elles ont paru dans diverses monographies sans valeur, ou que la source première n'en a jamais été indiquée :

1° Une lettre de Corneille à Rotrou que l'on trouvera imprimée en petits caractères, et avec d'expresses réserves dans l'édition Regnier des œuvres de Corneille. « L'hospitalité fastueuse que cette » lettre a reçue bien mal à propos dans les vitrines » du British Museum, lui a valu, dit M. Marty-» Laveaux, une grande notoriété, et même, auprès » de quelques personnes, une autorité des moins » justifiées. »

2° Une lettre que Rotrou à son lit de mort aurait écrite à P. Corneille, lettre commençant par ces mots : « Comme vous, j'ai travaillé toute ma vie à élever » mon esprit et mon âme » et finissant par ceux-ci : « C'est une douce et consolante pensée pour le cœur » d'un mortel qui s'apprête à paraître devant Dieu. »

3° Quelques lignes que Rotrou aurait écrites avant

---

ce seigneur fut la célèbre marquise de Verneuil, Catherine-Henriette de Balzac d'Entragues.

de mourir au bas de son portrait : « Ma conscience
» a ici marqué mon devoir, que la volonté de Dieu
» s'accomplisse. » Se figure-t-on Rotrou en proie à
cette cruelle maladie dont nous savons quels étaient
les terribles ravages, se levant sur son séant et écri-
vant au bas de son portrait : Ma conscience a ici
marqué mon devoir?

4° Les paroles que Rotrou avant de partir pour
Dreux aurait adressées à d'imprudents amis qui
voulaient le retenir à Paris : « Qui de vous peut me
» promettre une plus belle occasion de mourir?... »
Ces paroles n'ont pu être prononcées, par la bonne
raison que Rotrou était à Dreux et non pas à Paris,
quand éclata l'épidémie.

Qu'il reste bien établi d'ailleurs que débarrassé de
toutes ces amplifications, dégagé de cette mise en
scène un peu trop solennelle et réduit à un petit
nombre de textes authentiques, le récit des dernieis
moments de Rotrou ne peut rien perdre de sa beauté
ni de sa grandeur. Les circonstances de cette mort
nous semblent au contraire d'autant plus nobles
qu'elles nous apparaissent dans toute leur simplicité.
Rotrou pendant une partie de sa vie avait recherché
la gloire, « cet objet de nos vœux » (Epître à Corneille
au sujet de la Veuve) ; mais il était loin de penser
qu'elle couronnerait de ses purs et éclatants rayons
un dévouement si obscur, un devoir accompli avec si
peu d'apprêt, et que la poésie ou l'éloquence s'exer-
ceraient à l'envi pour le montrer dans cette ville
de province, parcourant les quartiers où règnent l'inquiétude, les soupçons et l'effroi ; allumant sur les
places publiques les grands feux de genévrier dans
lesquels on jette, pour purifier l'air, le soufre et le
salpêtre ; escortant à travers les rues les châsses et
les reliques des saints ; visitant l'hôpital encombré

de malades, de mendiants et de gueux ; pénétrant à
la suite de l'Ange exterminateur dans ces maisons
blanchies à la chaux où les médecins eux-mêmes
n'entrent qu'en tremblant, avec leurs habits et leurs
gants fourrés, leur masque en maroquin, leurs ocu-
laires de cristal et leur faux nez en bec de corbin
bourré de baume et de parfums. Il ne pouvait pas
croire enfin que les siècles à venir dussent préférer
ce tableau sinistre aux jeux brillants de son Théâtre,
et que les derniers bruits, dont la postérité aimerait
à réveiller autour de son nom l'écho, seraient les
cris des malades et les gémissements des mourants,
plutôt que l'harmonie de ses vers et les applau-
dissements du public [1].

§ III

LES LÉGENDES SE RAPPORTANT A LA VIE PRIVÉE
DE ROTROU : LA LÉGENDE DES FAGOTS.

La plus connue de ces légendes est celle que

---

[1] En 1811, Millevoye remporta le prix de poésie décerné par l'Institut. Le sujet était : La mort de Rotrou ;
il y a de beaux vers dans la pièce de Millevoye, ceux-ci,
par exemple :

Il marche, et des héros, enfants de sa pensée,
La gloire disparaît par la sienne effacée.

En 1882, l'Académie française a mis au concours, pour le
prix d'Éloquence, l'éloge de Rotrou. Le prix vient d'être
décerné, sous la forme d'une mention honorable, à M. Félix
Hémon, professeur de rhétorique au lycée de Brest, couronné précédemment par la même Académie, pour son éloge
de Buffon.

nous pourrions appeler la *Légende des Fagots*. Cette
étrange histoire apparaît pour la première fois, en
1731, dans le livre de Niceron, qui prétend tenir ce
précieux renseignement de la tradition et l'a trans-
mis en ces termes à la postérité :

> On sçait par tradition une particularité assez plaisante
> de lui. Il était joüeur, mais il avait une manière singulière
> pour s'empêcher de perdre tout son argent à la fois, et afin
> de s'en conserver pour les besoins de la vie, quand les co-
> médiens lui apportaient de l'argent pour quelqu'une de ses
> pièces, il le jettait ordinairement sur un tas de fagots qu'il
> tenait renfermez. Quand il avait besoin d'argent, il était
> obligé de secouer ces fagots, pour en faire tomber quelque
> chose, et la peine que cela lui donnait l'empêchait de
> prendre tout à la fois, et lui faisait laisser toujours quelque
> chose en réserve.

Or cette histoire de fagots n'a même pas le mérite
de la nouveauté. On la raconte également de Tristan l'Hermite, l'auteur de la *Marianne* de 1636. L'on
sait en outre que Niceron est sujet à caution. C'est
lui aussi qui attribue à Rotrou, dans la querelle du
Cid, l'insipide plaquette ayant pour titre : « *L'inco-
gnu et véritable amy de MM. Scudéry et Corneille* » et
c'est encore lui qui affirme dix lignes plus loin que
Molière, avant de jouer *Amphitryon*, fit saisir et
brûler 400 exemplaires des *Sosies* de Rotrou !

Les frères Parfait prétendent de leur côté qu'à la
veille de faire jouer *Venceslas*, Rotrou fut conduit en
prison pour quelques dettes criardes, et qu'il vendit
son chef-d'œuvre dramatique pour 20 pistoles. Un lieutenant du roi, un grave magistrat, un père de famille,
un chrétien fervent qui passait dans les dernières
années de sa vie, nous dit dom Liron, des heures
entières à l'église, absorbé dans de pieuses médita-
tions, cet homme-là poursuivi pour dettes et arrêté,

— de pareilles assertions sont-elles dignes de l'histoire ? Il est temps en vérité qu'on les envoie rejoindre les autres légendes sur la fenêtre de Trianon, sur le billard de Chamillard, la disgrâce de Racine ou la misère du grand Corneille.

Cependant nous devons dire que cette tradition relative à la légende des fagots, toute suspecte qu'elle nous paraisse, a été du moins assez persistante. M. Eugène Talbot nous signale à ce propos un passage curieux du livre de Dusaulx ayant pour titre : *De la passion du jeu, depuis les temps anciens jusqu'à nos jours* (à Paris, de l'imprimerie de Monsieur, 1779). Dusaulx, de Chartres, bien connu par sa traduction des *Satires* de Juvénal, s'y accuse de sa passion pour le jeu et dit comment il s'en est corrigé. On serait porté à croire, en lisant le passage de son livre concernant Rotrou, que Rotrou, qui a eu toutes sortes de courage, n'a pas eu celui-là : voici ce que dit Dusaulx :

Rotrou qui avait l'âme grande et l'esprit vaste, puisqu'il a fait la tragédie de *Vinceslas* (*sic*), puisque Pierre Corneille l'appelait son Père et son Maître ; Rotrou travailloit à la hâte pour avoir de quoi jouer. Cet homme de génie n'étoit plus qu'un enfant indocile, dès qu'il s'agissait du jeu. Passant par Dreux, où sa mémoire vivoit encore dans ma jeunesse, on m'a dit que, ayant reçu deux ou trois cents louis, il les avoit semés dans un endroit rempli de sarmens, afin de ne pas tout perdre en un seul jour. Vaine précaution ! la nuit suivante, il secoua jusqu'au dernier fagot. (*De la passion du jeu*, 1ʳᵉ partie, chap. xliv, p. 246.)

Il est curieux de voir, en suivant depuis le xviiᵉ siècle jusqu'à nos jours les récits publiés sur la vie de Rotrou, quelles proportions et quels développements prend cette histoire de joueur digne d'un Raphaël ou d'un Rastignac (voir Balzac, la *Peau de*

Chagrin). En 1859, l'évolution est terminée. Alors
Rotrou n'est plus un joueur, mais un débauché, le
jour est devenu la nuit, sa maison est un hôtel et la
demeure de ses amis un affreux tripot (voir dans la
Patrie, du 11 août 1859, un feuilleton d'Edouard
Fournier [1]). Niceron, hélas, qui déjà en a trop dit à
notre sens, n'en disait cependant pas tant !

§ IV

LE ROMANESQUE DES PIÈCES DE ROTROU DANS
SES RAPPORTS AVEC L'HISTOIRE.

Des trente-cinq pièces composées par Rotrou,
combien ont mérité de passer à la postérité ? A défaut
de la littérature, l'histoire pourrait peut-être appeler
aujourd'hui en témoignage la partie la plus romanesque, et qui semble au premier abord la plus in-

---

[1] Dans ce même article, feu Ed. Fournier, d'ailleurs si
érudit et si fin connaisseur, nous apprend que le spirituel
Carmouche a tiré de l'*Hypocondriaque* de Rotrou un de ses
proverbes les plus amusants. Voilà encore une petite découverte à faire : pour notre compte, nous n'avons rien
trouvé dans les œuvres de Carmouche qui rappelât de près
ou de loin l'*Hypocondriaque* de Rotrou. Mais l'indication
d'Ed. Fournier mérite d'attirer l'attention.
    M. Marty-Laveaux a bien voulu nous proposer au sujet
de cette note l'observation suivante : Jamais Carmouche,
auteur de vaudevilles, n'a fait de proverbes ; il paraît donc
probable qu'il y a une coquille dans l'article cité de *la Patrie*, et qu'au lieu du nom de Carmouche, il faut lire celui
d'un très célèbre et surtout très fécond auteur de proverbes : Carmontelle.

vraisemblable, de son théâtre. Ainsi dans ces fières
amazones qui courent après de lâches amants, s'habillent en hommes, prennent la clef des champs,
passent les mers ou les montagnes, se battent contre
les brigands, tirent l'épée ou le pistolet, et ne parviennent qu'à grand'peine à se faire reconnaître à
travers leur déguisement, — illusion vraisemblable
au théâtre où les hommes jouaient encore les rôles
de femmes, — on croit voir les héroïnes de la
Fronde, la duchesse de Longueville, la princesse de
Condé, et toutes les maréchales de camp de Mlle de
Montpensier, avec ce mélange d'écharpes de dames,
de cuirasses, de violons et de trompettes, si bien
peint par le cardinal de Retz. *Clorinde*, *Amélie*, *la
belle Alphrède*, et *Nise* dans la *Céliane*, c'est cette duchesse de Chevreuse dont Victor Cousin raconte la
fuite émouvante jusqu'en Espagne, avec son masque,
son costume noir de cavalier et la selle de son cheval
toute baignée de sang. Et voilà que sur son chemin
elle inspire de l'amour à une bourgeoise du pays qui
lui offre l'hospitalité. La situation est bien la même
dans la comédie des *Deux Pucelles*, où l'hôtesse Alcione tombe amoureuse de Théodore déguisée en
cavalier :

> Et vous, beaux voyageurs, ayez moins de rigueur,
> Que de vouloir loger jusque dedans mon cœur.
> Presque insensiblement je sens que je les aime,
> Et que, si la raison me conseille plus tard,
> Il faudra que mon cœur déloge à leur départ.

Il est vrai que l'hôtesse Alcione, comme la bourgeoise du pays basque, ne courait aucun risque.
C'est la réflexion que fait un autre personnage de
Rotrou, Diane, amoureuse de Doristée déguisée en
page :

> Mais nature y pourvut, et mon honnêteté,
> Quoique je l'exposasse, était en sûreté.

Le premier acte de l'*Heureuse Constance* nous montre un roi de Hongrie sur le point d'épouser la reine de Dalmatie : pour mieux juger de l'effet que sa royale figure va produire, il s'habille en villageois et rencontre une autre personne dont il devient amoureux. N'est-ce pas l'histoire de Charles, prince d'Angleterre, partant incognito avec son fidèle Buckingham pour voir tout à son aise l'infante d'Espagne, sa fiancée ; débarquant à Paris, son portemanteau sous le bras, se rendant au bal du Louvre avec une fausse barbe et s'éprenant de Madame Henriette qui, un jour, sera sa femme ? (*Mémoires de Brienne*, collection Petitot, t. XXXV, p. 374.)

> Timandre, ai-je assez bien déguisé mon visage ?
> Me peut-on reconnaitre en ce vil équipage ?
> Comment pourra l'amour finir heureusement
> Ce que nous commençons par un déguisement ?

Hermante, de l'*Innocente Infidélité*, qui a recours à des sortilèges pour s'assurer l'amour du prince Félismond et le détacher de la reine Parthénie,

> J'emploirais tout moyen pour toucher ses esprits,
> Et les crimes sont beaux dont un trône est le prix...

cette Hermante sera un jour la marquise de Montespan, s'abouchant chez la Voisin avec le prêtre Guibourg, et se livrant au château de Villebousin à ces sanglantes et impures pratiques que vient de raconter avec un si puissant intérêt M. Lair, le dernier historien de Louise de la Vallière.

Ce vil courtisan, Octave, qui va répandre sur le compte de *Laure persécutée,* une indigne calomnie,

nous le retrouverons bientôt dans l'histoire : ce sera
le marquis de Vardes.

Les rapprochements se présentent en foule à l'esprit, quand on lit les mémoires du temps. Nous ne
faisons qu'indiquer ici ce point de vue, cette confor-
mité entre les aventures du théâtre et les mœurs du
siècle dont l'étude permettrait de rajeunir aujour-
d'hui bien des pièces tombées dans l'oubli. Il faut
conserver avec soin toutes ces œuvres de l'époque :
« On veut des romans, disait Guizot, dans la Préface
» d'un *Projet de Mariage royal*; que ne regarde-t-on
» l'histoire? La créature vivante, cette œuvre de
» Dieu, quand elle se montre sous ses traits di-
» vins, est plus belle que toutes les créations hu-
» maines, et de tous les poètes Dieu est le plus
» grand. » Appliqué aux œuvres de l'art, à la peinture des caractères, ce mot de Guizot est aussi
vrai des belles parties que des mauvais côtés de la
nature humaine, et de fait, à certaines époques,
l'histoire et le romanesque se pénètrent à tel point,
que l'on se trouve dans la même situation que le
jeune Waverley, « auquel la France avait fourni une
» collection presque inépuisable de mémoires à
» peine plus véridiques que des romans, et des ro-
» mans si bien écrits qu'ils pourraient passer pour
» des mémoires[1] ».

---

[1] Dans la *Revue Politique et Littéraire*, M. Félix Hémon
a combattu nos idées qu'il trouve trop systématiques. Nous
renvoyons le lecteur à cet article du 15 juillet 1882.

§ V

LE MANUSCRIT MAHELOT.

On se rappelle les élégantes maquettes qui, à l'Exposition universelle de 1878, dans la salle du Ministère des Beaux-Arts, reproduisaient les principaux décors de la scène française. Un des plus curieux était le décor de l'*Hypocondriaque*, la première comédie de Rotrou. Nous avons consulté à la Bibliothèque Nationale le manuscrit de Laurent Mahelot, machiniste et décorateur du temps, d'après lequel ont été composés les charmants modèles de l'Exposition universelle [1]. On voit dans ce manuscrit les dessins et les perspectives, et l'on trouve les indications nécessaires à l'agencement du spectacle, à la distribution des décors, à la mise en scène très riche et très variée à cette époque. Ainsi le décorateur indique, à propos du *Lygdamon* de Scudéry, qu'il faut une prison d'où sortent des lions, — dans *Pyrame et Thisbé* de Théophile, qu'il faut « un antre » d'où sort un lion et un autre, à l'autre bout du » théâtre, où il rentre ». Pour le *Frère indiscret* de M. Hardy, il faut « une rivière assez grande pour jeter un homme dedans », et pour la *Leucosie* (?) du même auteur, « un vaisseau turc où l'on tranche la

---

[1] « Mémoire de plusieurs décorations qui serve aux pièces » contenues en ce présent livre commencé par Laurent Ma· » helot, et continué par Michel Laurent en l'année 1673. » Bibliothèque Nationale : ms. n° 24,330.

» tête à une femme et un brancard où l'on porte
» une femme sans tête, etc. »

Plusieurs pièces de Rotrou figurent dans cet ouvrage [1]. Nous donnons ici comme spécimen les notes
qui accompagnent les dessins de la mise en scène
de l'*Hercule mourant* de Rotrou, une pièce à grand
spectacle, une féerie, comme nous dirions aujour-
d'hui.

Le théâtre doit être superbe — à un des côtés il faut le
temple de Jupiter bâti à l'antique et en forme d'arcades
autour de l'autel, et que l'on puisse tourner autour de
l'autel, — dessus l'autel une cassolette et autres ornements.
Il faut faire le pied destail rond, comme l'antique où est
posé Jupiter sur l'autel, carré. Quatre petites pyramides
garny de leurs petits vases où sont des flammes de feu en
peinture : le temple doit être caché. De l'autre côté du
théâtre doit avoir une montagne où l'on monte devant le
peuple et descendre — par derrière ladite montagne doit
estre un bois de haute futaye, et dessous la montagne doit
avoir une chambre funèbre remplie de larmes — le tombeau
d'Hercule superbe, — trois pyramides, deux vases où sont
deux flammes de feu en peinture, tous les travaux d'Hercule y doivent paraître : le dit tombeau doit être caché.
Puis, au milieu du théâtre doit avoir une salle à jour bien
parée de ballustres et plaques d'argent, et autres ornements de peinture. Au cinquième acte un tonnerre, et
après le ciel s'ouvre et Hercule descend du ciel en terre
dans une nue, le globe doit être emply des douze signes et
les douze vents, — des étoiles ardantes — soleil en escarboucle, — transparents et autres ornements à la fantaisie
du feinteur, plus quatre chapeaux de fleurs, un de chesne
et l'autre de laurier et les deux autres de fleurs; une prison

---

[1] *Les Occasions perdues ; La Bague de l'Oubli ; L'Hypo-
condre ; l'Heureuse Constance ; la Céliane ; les Ménechmes ;
la Célimène ; Amélie ; Diane ; la Pèlerine amoureuse ; Filandre ou l'Amitié trahie par l'amour ; Florante ; Cléagénor et Doristée ; Hercule mourant.*

proche du tombeau, une chaisne et une corde, un dard à
la turque et le carquois, — une masse d'Hercule, — la
peau de lion, etc.

Ailleurs ce sont encore des détails qui font sou-
rire, comme le soleil en escarboucle de l'*Hercule
mourant.* Au Ier acte des *Occasions perdues*, il faut
des rossignols, et au Ve, une nuit, une lune et des
étoiles. Dans le *Filandre*, il faut faire paraître la
Seine. Dans *Cléagénor et Doristée*, il faut du sang
pour ensanglanter une épée. Une autre mention qui
revient fréquemment est celle-ci : « Le théâtre doit
être en pastorale » ; un théâtre en pastorale, c'était
un signal convenu, un décor tout préparé : il n'y
avait plus qu'à le prendre dans le magasin. Hélas !
ce n'était pas le décor seulement qu'on prenait ainsi
tout préparé dans le magasin : on allait bien souvent
y chercher la comédie elle-même !

Ce manuscrit de Mahelot fait bien comprendre
comment les poètes tragiques se mettaient à l'aise
avec la règle des trois unités, et par quels artifices
le théâtre, le *hourdement* comme on disait au moyen
âge, pouvait représenter à la fois les lieux les plus
divers. Un simple rideau, une tapisserie (ce qu'on
appellera plus tard *la ferme*), tirés à propos, et voilà
simulées les localités les plus éloignées, et voilà nos
poètes encouragés à persister dans « cet horrible dé-
» règlement » que Corneille condamnait pour son
compte dès son *Examen de Mélite.* On voit aussi
comment les auteurs dramatiques aidés par le machiniste et le décorateur, et plus puissants encore que
les Orphée et les Amphion, faisaient apparaître à
leur gré des villes et des villages, des maisons et
des palais, des forêts et des roches, et mettaient en
action les événements les plus frappants, *oculis subjecta
fidelibus.* Le *Mercure de France* de 1769 nous apprend

qu'on essaya un jour de mettre en action le dénoûment de l'*Iphigénie* de Racine. On aurait pu
reprendre tout simplement l'*Iphigénie* de Rotrou : le
sacrifice et l'intervention miraculeuse de Diane
y sont représentés avec une naïveté qui touche de
bien près à la grandeur. Certes le génie délicat de
Racine ne pouvait admettre de pareilles tentatives.
C'eût été à ses yeux dépasser ce point si difficile à
saisir où se peuvent accorder la vraisemblance et le
merveilleux, et Euripide de son côté ne s'y était pas
prêté davantage. En face d'un pareil spectacle,
comme l'Agamemnon lui-même du tableau de Ti-
manthe, Racine se serait voilé la face. Rotrou, lui,
osa.

Nous eussions été fort curieux de trouver dans le
manuscrit Mahelot quelque indication sur la tragédie
de *Crisante*, cette reine outragée qui porte dans ses
mains la tête sanglante dont nous avons parlé ailleurs [1]. Nous regrettons aussi de ne point posséder
les détails de la mise en scène d'*Antigone*. N'est-ce
pas un curieux spectacle que l'arrivée du farouche
Polynice, l'épée à la main, le casque en tête, le défi
sur les lèvres, au pied des murailles de Thèbes ? ou
que la rencontre d'Antigone et d'Argie, la femme et
la sœur infortunées, cherchant sur les remparts où
s'est donné le combat, à la lueur d'une lanterne
sourde qui remplace le clair de lune de la Thébaïde
de Stace, le corps d'un frère et d'un époux ?

Son corps où fut mon sang. — Son corps où fut mon âme...
— Quel emploi pour sa sœur ! — Quelle nuit pour sa
[femme !

Convenons-en : toutes ces pièces à grand spectacle

---

[1] *Histoire du Véritable Saint-Genest*, chap. III, p. 20.

devaient produire de fortes impressions. On évoque,
en les relisant, de puissantes images, quelque chose
comme ces tableaux saisissants dont le pinceau de
Mazerolle a semé le plafond du Théâtre français.

§ VI

LE NOMBRE DES PIÈCES DE ROTROU.

Et maintenant, combien Rotrou a-t-il composé de
pièces de théâtre? Les frères Parfait disent trente-
cinq ; mais ils lui en attribuent cinq ou six autres
dont ils donnent les titres. Parmi ces dernières se
trouverait une comédie intitulée *Florante*. Or le manuscrit Mahelot nous donne les détails de la décora-
tion d'une pièce de Rotrou intitulée aussi *le Florante*,
avec ce sous-titre : *ou les dedains amoureux*. Le problème consisterait à reconstituer la pièce d'après
cette simple indication du décorateur ; cela ne serait
peut-être pas au-dessus des forces d'un homme du
métier :

Il faut deux belles maisons en forme de frize et ballustre,
à un côté du théâtre un bois, et de l'autre côté du théâtre
une salle, du côté de la loge du Roy — et doit être formée
(ou fermée?) de ballustres ou de frize tant par haut que par
bas, dans ladite salle, une chaire, plus une lettre cachetée
de cire.

Voilà donc une comédie de *Florante* aujourd'hui
perdue, qui a certainement existé. D'autre part dans
l'un des contrats de vente que possède l'étude de
M° Galin, notaire à Paris, et que l'on peut lire dans

le *Dictionnaire Critique* de Jal, il est question de
Calpède. Encore une pièce perdue sans doute.

Mais l'on serait toujours bien loin de compte s'il
fallait prendre au pied de la lettre ce passage d'une
préface écrite en 1630, où l'auteur déclare que la comédie de *Cléagénor et Doristée* est « la cadette de
trente sœurs ». C'étaient là certainement de ces
pièces à trois écus, que l'on écrivait en une nuit, et
qui faisaient si bien l'affaire des comédiens, avant
que Pierre Corneille, plus difficile pour lui-même et
plus exigeant pour les autres, vînt gâter le métier,
comme s'en plaindra un jour la Beaupré. Rotrou
malgré son « beau naturel » avait accept² là « une
honteuse servitude » et Chapelain n'avait point tort de
le regretter [1]. Mais ce chiffre de vingt-neuf pièces
antérieures à la Doristée est bien fait pour embar-
rasser les commentateurs. En 1732, Titon du Tillet
écrivait dans son *Parnasse Français :* « On dit que Madame de Veruö possède plus de trente pièces de Rotrou. » La comtesse de Veruö est cette femme in-
telligente que Voltaire loue « d'être morte avec la
» fermeté et la simplicité de la philosophie la plus
» intrépide, et qui dépensait cent mille francs par an
» en curiosités (Note de la *Défense du Mondain*. »

---

[1] *Mélanges de littérature tirés des lettres manuscrites de
M. Chapelain, MDCCXXVI.* On croit que l'auteur de ce
recueil est Camusat. C'est à la fin du volume que se trouvent les fameuses listes dressées par ordre de Colbert.
Voici le passage auquel nous faisons allusion : M. le comte
de Fiesque présenta Rotrou à M. Chapelain qui paraît l'a-
voir estimé dès cette première visite dont il rend compte à
M. Godeau : « C'est dommage qu'un garçon de si beau
naturel ait pris une servitude si honteuse, et il ne tiendra
pas à moi que nous ne l'en affranchissions bientôt. » Du
30 octobre 1632. Voir § 7, d'autres fragments des lettres
de Chapelain publiées par M. Tamizey de Larroque.

Parmi les ouvrages de Rotrou qui faisaient partie de
cette précieuse collection, qui sait s'il ne se trouvait
pas quelque manuscrit, quelque pièce inédite, sœur
aînée ou sœur cadette de la Doristée?

L'édition de 1820 des œuvres de Rotrou contient
une trente-sixième pièce, l'*Illustre Amazone*, dont
l'attribution à Rotrou paraît cependant douteuse
(voir la notice de l'éditeur). Raynouard trouve en
outre que l'Épître dédicatoire adressée à Fouquet
constitue à cette date un véritable anachronisme.
On aimerait cependant à placer cette œuvre, toute
imparfaite qu'elle soit, dans le bagage littéraire de
Rotrou. Le sujet, tiré de l'histoire ou plutôt d'une
légende venue de la Bourgogne au vi° siècle, et le
lieu de la scène transporté à Dijon, nous rapproche-
raient d'une source d'inspirations domestiques et
nationales dont le choix dénote toujours chez les
poètes une certaine hardiesse :

Exemplaria græca
Ausi descrere, et celebrare domestica facta.

On trouve aussi dans cette pièce de belles situations
et de beaux vers, ceux-ci par exemple, dans lesquels
Clotilde, l'épouse outragée, défend malgré tout, son
mari contre son frère Sigismond qui veut la venger :

Un tyran ! — Un époux. — Un bourreau ! — Mon mari.
— Nous chassant de sa cour l'est-il encore l'infâme ?
— Mais je ne saurais point le chasser de mon âme !

N'insistons pas, car en d'autres endroits l'on rencontre des réminiscences et des centons de Corneille : or Rotrou peut bien être le père ou l'élève,
le rival ou l'émule, l'inspirateur ou l'imitateur de
Corneille : il n'en fut jamais le plagiaire. Rotrou sait

faire des traductions, des imitations, des adaptations;
il n'a jamais fait de pastiches. Il laissait cela à
Desfontaines [1].

Il resterait enfin à déterminer la part qui revient
à notre poëte dans la composition et la rédaction
des pièces des Cinq Auteurs. Il nous semble que
Rotrou devait être un des ouvriers les plus actifs de cet
atelier littéraire qui produisait des pièces pour la
brillante salle de spectacle, où le puissant cardinal
de Richelieu offrait à ses collaborateurs un parterre
d'évêques, de généraux et de cordons bleus. S'il
est vrai que l'on n'a jamais vu un chef-d'œuvre d'esprit qui fût l'ouvrage de plusieurs, on doit convenir
d'autre part que l'*Aveugle de Smyrne* et la *Comédie des
Thuileries* ne sont ni meilleures ni pires que d'autres.
Si même nous avons pris l'habitude d'en dire tant
de mal, c'est peut-être que l'auteur n'en est point
avéré. Supposons que l'on vienne à découvrir un
jour que l'une ou l'autre de ces pièces est bien
l'œuvre authentique d'un Corneille ou d'un Rotrou ;
tout de suite nous serions tentés de dire, comme le
vieux maréchal de Gramont auquel Louis XIV
communiquait son madrigal : « Ah ! Sire, quelle trahison ! Que Votre Majesté me le rende, je l'ai lu
brusquement ! »

La vérité, c'est qu'il y a dans l'*Aveugle de Smyrne*
et dans la *Comédie des Thuileries* des vers charmants
qui mériteraient de ne pas rester plus longtemps en
déshérence. Je remarque en outre dans l'*Aveugle de
Smyrne*, que la situation de ce père, qui croit tour à
tour sa fille impudique et subornée, et son fils amoureux d'une maîtresse infâme, rappelle plus d'une

[1] Voir notre *Histoire du Véritable Saint-Genest*, chap. v,
page 79.

scène de *Laure persécutée*. Quant à la *Comédie des Thuileries*, on en attribue quelquefois le IIIe acte à Corneille. Je reconnais bien plus facilement, et dans ce IIIe acte[1], et dans le reste de la pièce, la touche de Rotrou : c'est la même facilité, la même allure, la même coupe de vers, souvent aussi le même vocabulaire.

Dans la scène II de l'acte I, ces paroles d'Aglante,

> Telle ou plus belle encore que ne parait l'aurore
> *Aux yeux de son chasseur*, sur le rivage more,
> La plus rare beauté que le ciel vit jamais
> A dans ce sacré lieu fait briller ses attraits

nous rappellent des images et des expressions familières à Rotrou :

> Telle va, sur Hymète, *à son chasseur dormant*
> L'aurore, le matin, reprocher son tourment...
> (*Les deux Pucelles*, II, 6.)

> Et telle se fait voir la beauté de sa sœur
> Alors qu'elle a dessein de plaire *à son chasseur*...
> (*L'Innocente infidélité*, II, 1.)

---

[1] Des passages comme ceux-ci notamment :

> Donc un si triste soir suit un si beau matin :
> Le même jour propice et contraire à nos flammes
> Va désunir deux corps dont il unit les âmes.
> (III, 7.)

> L'amour, ce doux vainqueur, ce père des délices,
> Aussi n'a pour nous deux que de cruels supplices,
> Et ce tyran fait naître aux dépens de nos pleurs,
> D'un moment de délices un siècle de douleurs...
> (III, 3.)

reproduisent exactement le rythme et la mélodie des vers de Rotrou. Quand on s'est laissé bercer pendant quelques heures par cette musique, on est tout de suite frappé de ces analogies.

Dans la scène v de l'acte V de la *Comédie des Thuilleries* on trouve une construction grammaticale fort curieuse, un régime direct, dépendant de deux verbes, rejeté à la suite du second verbe :

> Outre les droits d'amour, une autre autorité
> Veut disposer encore de notre liberté :
> Celle de nos parents s'oppose à notre envie,
> *Et qui nous a donné, nous veut ôter la vie...*

Nous ne connaissons pas de pièce de Rotrou où l'on ne rencontre cette tournure :

> Si je voulais cueillir, je flétrirais les roses.
> > (*Les Captifs*, IV, 5.)

> Si je ne vous causais, je vous voulus du bien.
> > (*Bélisaire*, V, 5.)

> Ne pouvant démolir, je souffre ses autels.
> > (*La Belle Alphide*, II, 2.)

> Si tu ne fais cesser, n'irrite point ma peine.
> > (*La Pèlerine amoureuse*, IV, 2.)

> Heureux certes, Calchas, heureux qui, comme vous,
> N'est tenu qu'à porter, et ne sent pas les coups.
> > (*Iphigénie*, V, 1.)

Remarquons aussi que cette Cléonice qui sort du carré d'eau des Tuileries ressemble beaucoup au Thimante du *Filandre*, sortant de la Seine sans être parvenu non plus que Cléonice à se noyer. Les deux pièces sont de la même année, et la réflexion de Cléonice disant qu'elle avait trop de feu pour mourir dans le froid élément, est malheureusement tout à fait digne de Rotrou. Les défauts ! autre signe quelquefois plus concluant encore que les qualités ! Enfin n'y a-t-il pas une présomption très forte à tirer de la récompense que reçurent les différents

Venceslas.   9

collaborateurs? Colletet qui avait composé le prologue, où l'on voit

La cane s'humecter de la bourbe de l'eau,

toucha les pistoles, ce qui n'empêcha pas son fils,
crotté jusqu'à l'échine, d'aller mendier son pain de
cuisine en cuisine. Corneille qui manquait d'esprit
de suite fut renvoyé. Rotrou, lui, fut honoré du titre
de gentilhomme ordinaire de l'Eminentissime Cardinal duc de Richelieu. Quel contraste dans le traite-
ment! Et quel contraste aussi dans les caractères!
Mais cette collaboration de Corneille et de Rotrou,
qui eut pour chacun d'eux des conséquences si différentes, ne fit que sceller plus fortement encore leur
amitié. Vit-on cependant, à en juger du moins par
l'extérieur, inclinations plus diverses? Qu'on se figure, aux environs de cette année 1636, dans son
élégant costume Louis XIII, ce jeune homme vif,
alerte, recherché dans les compagnies, à la ville
comme à la cour, ami de tous les gens de lettres, de
Mairet, de Scudéry que ses succès n'effarouchent
pas et qu'il appelle dans la préface de *Diane* « de
divins esprits »; et ce grand garçon, vêtu de noir,
qu'on prenait pour un marchand de province, avec
son air embarrassé, son grand nez, sa conversation
pesante et sa fierté un peu ombrageuse... Il fallait
bien qu'il y eût entre eux des affinités d'un ordre su-
périeur, et quelques-uns de ces instincts élevés qui
forment dans les lettres comme à la guerre la partie
divine de l'art de commander. Ces instincts élevés, Rotrou les possédait au même degré que Corneille; mais il avait à notre avis une supériorité sur
lui : il ne s'est brouillé avec personne, et il est
resté l'ami de Corneille qui, lui, avait le talent de se
brouiller avec tout le monde.

Donnons maintenant les titres des 35 pièces authentiques de notre auteur : la première est de 1628, antérieure d'une année à la *Mélite* de Corneille, la dixneuvième de 1636, l'année du *Cid*, si toutefois le *Cid* est bien de 1636 (voir les Lettres de Chapelain, éditées par M. Tamizey de Larroque, p. 134), la trentecinquième et dernière de 1650, année de la mort du poète. Nous ne signalerons plus qu'un petit point obscur à propos de la seconde de ces trente-cinq pièces, la *Bague de l'Oubli*[1]. Rotrou dans son *Avertissement au Lecteur*, tout en avouant que les vers n'ont pas cette pureté que la lecture des bons auteurs et la conversation des honnêtes gens lui ont acquise depuis, constate que cette comédie a contenté « jusques aux » Allemands ». Quels pouvaient être en 1628 ces juges difficiles, ce public germanique qui, en plein Paris, se déclarait satisfait d'une pièce de notre Théâtre Français? S'agit-il d'un régiment de reîtres ou de lansquenets, Royal-Allemand ou Royal-Cravate, qui envahissait le soir l'Hôtel de Bourgogne, le tripot du Marest, comme dit Chapelain (lettre du 8 décembre 1636), et les jeux de Paume où s'établissaient les troupes ambulantes ? A-t-on joué la *Bague de l'Oubli* devant un prince étranger, devant un grave ambassadeur et sa suite qu'auraient déridés et mis en joie les aventures du roi de Sicile et les réparties du bouffon Fabrice? Faut-il voir dans la réflexion que fait Rotrou une ironie déguisée qui rappellerait, à l'adresse de nos voisins, quelques traits comme on en trouve dans Philippe de Comines ou dans Erasme?

---

[1] Voir ce que nous avons dit de la *Bague de l'Oubli* et de la *Sortija del Olvido* de Lope de Vega, dans notre *Histoire du Véritable Saint-Genest*, p. 16.

Voici maintenant qu'on nous indique au dernier moment la possibilité d'un rapprochement entre le sujet de la *Bague de l'Oubli* et la *Reconnaissance de Çakountalâ.* Quand on connaît l'origine de la Légende de Cacus ou l'explication des Ecuries d'Augias (M. Bréal, *Hercule et Cacus,* passim) ou bien encore l'histoire de *Perrette et le Pot au Lait* (Max Müller, *Essais sur la mythologie comparée,* traduction de M. G. Perrot, p. 422) rien ne paraît impossible, et Rotrou seul serait bien étonné. Notons cependant que dans le drame de Kâlidâsa, la bague rapportée par le pêcheur, comme l'anneau du doge de Venise trouvé un jour dans le ventre d'un poisson, a pour effet de rendre la mémoire au souverain, et de détruire le charme funeste qui empêchait le roi Doushmanta de reconnaître sa tendre épouse Çakountalâ ; tandis que, dans la *Bague de l'Oubli,* l'anneau enchanté oblitère tous les souvenirs du roi de Sicile, qui ne parvient à recouvrer l'usage de ses facultés qu'en se débarrassant de ce talisman ensorcelé. Mais un philologue trouverait certainement moyen de résoudre et de concilier toutes ces difficultés. Il ne nous resterait plus maintenant, en fait d'anneau royal, qu'à parler de l'*Astrate*... Mais avez-vous lu l'*Astrate*... ?

LISTE DES TRENTE-CINQ PIÈCES DE ROTROU.

L'Hypocondriaque ou le Mort amoureux 1628, *la Bague de l'Oubli* 1628, *Cléagénor et Doristée (ou la Doristée)* 1630, *la Diane* 1630, *les Occasions perdues* 1631, *l'Heureuse Constance* 1631, *les Ménechmes de Plaute* 1632, *Hercule mourant* 1632, *la Célimène* 1633, *l'Heureux Naufrage* 1634, *la Céliane* 1634, *la Belle Alphrède* 1634, *la Pèlerine amoureuse* 1634, *Filandre ou l'Ami-*

lié trahie par l'Amour 1635, *Florimonde* 1635, *Agési-lan de Colchos* 1635, *l'Innocente Infidélité* 1635, *Amélie* 1636, *les Deux Sosies* 1636, *Clorinde* 1636, *les Deux Pucelles de Cervantes* 1636, *Laure persécutée* 1637, *Antigone* 1638, *les Captifs* 1638, *Crisante* 1639, *Iphigénie* 1640, *Clarice ou l'Amour constant* 1641, *Bélisaire* 1643, *Célie ou le vice-roi de Naples* 1645, *la Sœur* 1645, *le Véritable Saint-Genest* 1646, *Venceslas* 1647, *Don Bernard de Cabrère* 1648, *Cosroès* 1649, *Don Lope de Cardone* (imprimée après la mort de l'auteur) 1650.

§ VII

AUTRES POINTS OBSCURS : ROTROU D'APRÈS
LES LETTRES DE CHAPELAIN.

Un fragment des lettres de Chapelain publié en 1726 par Camusat avait exercé déjà la sagacité des commentateurs. Ce même passage, reproduit avec quelques modifications, et complété par de nouveaux fragments que nous extrayons des Lettres de Chapelain publiées par M. Ph. Tamizey de Larroque[1], augmente encore nos embarras. Il y a là quelques petits problèmes que nous nous sentons incapables de résoudre. Voici donc tout simplement le texte même des lettres de Chapelain et les observations dont le fait suivre M. Ph. Tamizey de Larroque.

---

[1] Paris, Imprimerie Nationale, MDCCCLXXX.

Paris, ce 30 octobre 1631.

A M. Godeau, à Dreux.

... Le comte de Fiesque m'a amené Rotrou et son
Mecène. Je suis marri qu'un garçon de si beau naturel ait
pris une servitude si honteuse, et il ne tiendra pas à moy
que nous ne l'en affranchissions bientost. Il a employé
vostre nom, outre l'authòrité de son Introducteur, pour se
rendre considérable, dit-il, auprès de ma personne. Mandés
moy si vous prenés part dans l'assistance et les offices qu'il
attend de moy et à quoy je me suis résolu...

Pour expliquer ce passage, l'éditeur renvoie, faute
de mieux, aux commentaires de Guizot (*Corneille et
son temps*, 1866, p. 366), et de M. Jarry (*Essai sur les
œuvres dramatiques de Jean Rotrou*, 1868, p. 11).
Nous renvoyons aussi au discours prononcé à Dreux
par M. Ed. Thierry, le 30 juin 1867.

De Paris, ce 17 febvrier 1633.

A M. de Balzac.

... La comédie dont je vous ay parlé dans mes précé-
dentes n'est mienne que de l'invention et de la disposition.
Le vers en est de Rotrou, ce qui est cause qu'on n'en peut
avoir de copie, pour ce que le poète en gaigne son pain.

M. Tamizey de Larroque suppose qu'il s'agit de la
Célimène, jouée en 1633, imprimée en 1637. Nous
pensons qu'il peut être aussi bien question ici de
toute autre comédie de Rotrou qui n'aura jamais vu
le jour, d'une aînée ou d'une cadette de la *Doristée*;
d'une de ces pièces enfin auxquelles faisait allusion
Gaillard (voir la note de la page 136), lorsqu'il disait :

Rotrou fait bien les vers, mais il est poète à gages.

De Paris, ce 20 novembre 1639.

A M. le marquis de Montauzier, en Alsace.

... Le docteur, de poète comique, se fait lieutenant au bailliage de Dreux...

Ce mot de docteur est assez singulier. S'agit-il d'une disposition particulière qu'aurait eue Rotrou à causer et à disserter sur maints sujets ; ou bien d'un changement notable dans sa conduite et dans ses idées qui avait donné plus de gravité et un tour dogmatique à sa conversation ; ou enfin de ses connaissances *in utroque jure*, et de ses progrès dans l'Etude du Droit ? M. Loiseleur n'a-t-il pas soutenu que Molière avait pris ses licences ? Rotrou, lui, était avocat au Parlement de Paris (Actes de l'Etude de Mᵉ Galin).

§ VIII

LES ŒUVRES DIVERSES DE ROTROU.

Dans une épître dédicatoire adressée à la marquise de Pesé, véritable épître à la Montoron, comme la plupart de celles qu'on écrivait en ce temps-là, (sommes-nous bien sûrs qu'on n'en écrit plus de pareilles aujourd'hui ?) notre poète annonce qu'il va composer en l'honneur de cette femme distinguée un poème épique. Nous ne pensons pas qu'il ait jamais mis à exécution, Dieu merci ! un pareil projet. Mais il a publié, à deux reprises différentes, deux re-

cueils de poésies diverses, épîtres, élégies, para-
phrases des psaumes, l'un en 1631 (la bibliothèque
municipale de Chartres possède un exemplaire de
cette rarissime édition: *Œuvres poétiques du sieur
Rotrou*, chez Toussaint de Bray, rue Saint-Jacques,
aux Espics-Meurs, MDCXXXI), l'autre en 1635. On
prétend que quelques-unes de ces pièces lui étaient
commandées, ce qui expliquerait un vers de la *Comédie* de Gaillard [1]. Quoi qu'il en soit, il y a dans
ces deux recueils des passages d'une force singulière: en voici quelques échantillons :

Mon Dieu, que ta bonté rend mon esprit confus!
    Qu'avecque raison je t'adore
    Et combien l'enfer en dévore
    Qui sont meilleurs que je ne fus!
Les rayons de ta grâce ont éclairé mes sens :
Le monde et ses plaisirs me semblent moins qu'un verre :
Je pousse encore des vœux, mais des vœux innocents
    Qui montent plus haut que la terre !

. . . .
    Un vieil drapeau taché de sang
    Tiendra lieu de pourpre et de soye ;
    Vous portez déjà dans le flanc
    Les vers dont vous serez la proye :

---

[1] Insipide comédie tirée d'un recueil plus insipide encore : Gaillard suppose qu'il a reçu un défi de Braquemart :
c'est à qui fera le plus vite les vers. Gaillard et Braquemart choisissent les juges du camp et en éliminent d'abord
un certain nombre :

    Corneille est excellent, mais il vend ses ouvrages.
    Rotrou fait bien les vers, mais il est poète à gages.
    Durier est trop obscur et trop rempli d'orgueil...
    Claveret est rimeur, mais c'est pour les servantes...
    Quand nous y resverions d'ici jusqu'à demain
    Nous n'en trouverons point d'esgal à Neuf-Germain.

(Œuvres du sieur Gaillard, le Philosophe plaisant, 1634.)

Tous ces appâts seront ternis,
Ces membres seront désunis,
Ces beaux cheveux sans ordre et ces yeux sans lumière,
Enfin ce corps si bien taillé
Changera sa grâce première
En l'horreur d'un schelet couvert de sang caillé.

Dans cet essai de poésie religieuse, Rotrou précédait encore P. Corneille, l'éloquent traducteur de l'*Imitation de Jésus-Christ.*

Le poète chartrain Dulorens, l'auteur des *Satires* dont une nouvelle édition a paru chez Jouault l'année dernière (les premières éditions sont de 1624, 1633 et 1664), était ami de Rotrou et magistrat comme lui. Dulorens, lieutenant du roi à Châteauneuf en Thimerais (comme le poète Garnier l'avait été au Mans), fit paraître la *Coutume de Châteauneuf*, avec les notes de Dumoulin et ses propres Commentaires. Rotrou, chargé lui aussi de rendre la justice, étudia ce vieux *Coutumier*, et frappé des lumières qu'il y découvrit, il envoya à son ami, à son voisin, un compliment en vers. C'est M. Gouverneur, de Nogent-le-Rotrou, l'intelligent éditeur de Remy Belleau, qui nous a fait connaître cette pièce : la voici telle qu'on peut la lire, signée du nom de Rotrou, en tête du vénérable in-folio :

Quiconque voit ton livre est forcé d'avouer
Qu'il nous découvre tant et de si belles choses
Qu'on te croira toujours, sans par trop te louer,
Plus digne d'être auteur des textes que des gloses.

Les maîtres de nos loix, pour t'avoir précédé,
Ont été plus heureux, non pas plus politiques,
Et si le sort eût fait qu'ils t'eussent succédé,
Ils t'eussent expliqué comme tu les expliques.

Si de ton livre enfin je prévois le succès,
Il ne peut qu'être utile, hormis à nos offices :
Car, en tranchant le cours de beaucoup de procès,
Il tranchera l'espoir de quantité d'épices.

Il y a même dans les annotations de ce *Coutumier* (p. 51) un commentaire juridique qui se rapporte à un fait arrivé dans la famille des Rotrou. « Jugé par arrêt du 10 juillet 1627, en la coutume » de Dreux, qu'il y aurait continuation de commu- » nauté entre Louise Neveu, veuve de Germain Ro- » trou, et les Rotrou ses enfants, à faute par elle » d'avoir fait faire inventaire des biens qui étaient » communs entre elle et le défunt son mari. »

Germain Rotrou dont il est question ici, figure dans notre tableau généalogique (p. 104).

§ IX

LA INDORATURA DEL SUO BEL DIRE.

C'est en ces termes qu'un biographe qualifiait l'éloquence de Mazarin. On pourrait en dire autant du style de Rotrou. De tous les dons de cette riche nature, le plus précoce, pour son âge et pour l'âge du siècle, c'était le don de faire de beaux vers. Certes, Garnier et Théophile, Tristan et du Ryer [1], Hardy [2]

---

[1] Quoi de plus beau que les lamentations de Saül citées par Delavigne dans sa *Tragédie chrétienne au* XVII* *siècle ?*

[2] Nous avons toujours admiré ce passage d'une comédie

et Scudéry lui-même nous ont laissé de magnifiques
tirades. Mais nulle part, pas même chez Corneille, la
source n'est aussi abondante, la veine aussi persistante que chez Rotrou. Dans ces soixante-dix ou
quatre-vingt mille vers qu'a écrits le poète, on peut
remarquer des traces de précipitation, des rimes en
l'air, des hémistiches incomplets comme les tibicines
de l'*Enéide*. Mais la poésie n'en jaillit pas moins,
intarissable, et bientôt le fleuve coule à pleins bords.
Dans les situations les plus invraisemblables, et
parfois les moins tragiques, à côté de pointes sub-
tiles et de jeux de mots équivoques, sans renoncer
à ces comparaisons mythologiques qui faisaient dire
justement à l'un d'eux :

Vous avez lu cela dans les *Métamorphoses*[1],

---

de Hardy.(*Ariane ravie*) dans lequel Thésée refuse d'employer la violence :

C'est moi, c'est moi qui fais de ces crimes justice :
De ceux que j'ai punis, je me rendrais complice, etc.

[1] *Florimonde*, I, 1. On pourrait se demander si Rotrou,
quand il sacrifiait ainsi un goût du siècle, était bien con-
vaincu. Il y a parfois, au milieu même de ces exagérations
de pensées et de style, comme un coin de satire :

O sensible douleur ! ô perte irréparable !
Est-il à mes ennuis un tourment comparable ?
Qui m'ouvre les enfers ? qui me perce le sein ?
— Oh ! vous n'en mourrez pas. — Ce n'est pas mon dessein !
répond immédiatement cet amoureux de sens plus rassis.
(*La Célimène*, I, 3.)

Un autre, désespéré des rigueurs de sa belle, médite
également de se tuer. Très subtilement, très sagement et
non moins plaisamment, il constate que le fer et le poison
n'ont plus d'action sur lui :

Le fer en ce dessein ne te peut secourir,
Puisque des traits plus forts t'ont blessé sans mourir.

ou à cette phraséologie sentimentale empruntée à
l'époque : Trônes d'amour, saints brasiers, trône
animé de corail et de roses (pour dire une jolie
bouche), tresses de cheveux et chaînons qui en-
chaînent les cœurs, œillets que la mort a déteints,
funestes épées qui viennent traverser lâchement et
le corps et la joie de leurs victimes, fer libérateur
qui tire de ses fers un amant malheureux ; — ces
étranges personnages parlent une langue sonore élo-
quente, souvent délicate, et l'on ne sait plus qu'opposer

    Au torrent animé de ces belles paroles [1].

Ne dépassons pas, à dessein, la période moins con-

    Crois-tu que de tes maux le poison te délivre ?
    Le plus fort des poisons te laisse encore vivre :
    Tu souffres sans danger ce poison amoureux
    Qui te mit dans le cœur cet objet rigoureux.
               (*Le Filandre*, IV, 1.)

    Cette prudente élimination ressemble un peu à ces pré-
cautions expresses d'un duelliste qui permettait de frapper partout, et ne défendait que la tête, les bras, la poi-
trine et les jambes. Cependant Thimante va découvrir le
genre de mort qui lui conviendra : il se jette dans la Seine,
près du pont de Charenton, et passe « d'un ingrat en un
traître élément ». Soyons sans inquiétude, on le repêchera !
    En 1636, dans *Clorinde*, le poète donne quelques bons
conseils à ces amoureux transis :

    Croyez-vous qu'une mâle et robuste jeunesse
    S'emploie avec honneur auprès d'une maîtresse,
    Sous ce lâche tyran de votre liberté,
    Enfant de la mollesse et de l'oisiveté ?
. Ces molles passions détruisent vos fortunes.
               (*Clorinde*, V, 1.)

1636, c'est l'année du *Cid* ; mais c'est aussi l'année de Cor-
bie. C'est l'année où le frère de Rotrou entrait en campagne
comme commissaire des guerres.

    [1] *Célie* ou *le Vice-Roi de Naples*, II, 4.

nue de la vie et des œuvres du poète, où, de son
aveu même, ses vers n'avaient pas encore cette
pureté que la lecture et la fréquentation des beaux
esprits devaient leur acquérir un jour. N'empruntons
rien au grand répertoire : citons seulement ses premiers ouvrages :

> La force est un conseil qui vient de la raison,

dit Lisidor dans l'*Hypocondriaque*,

> Et quelque objet qui puisse épouvanter les sens,
> Les cœurs sont assurés quand ils sont innocents.

Le Ciel a converti sa haine, s'écrie le Mort amoureux,

> Et vous me faites voir, justes divinités,
> Une amour sans limite en mes jours limités.

Ton repentir, dit un roi de Sicile à sa maîtresse [1],

> Pourrait plus m'affliger que n'a fait ton offense,
> Car je ne trouve point de tourmens ennuyeux
> Comme de voir couler les larmes de tes yeux.

Lisez, dans la *Dorislée*, les aveux de Diane au page
Philémon :

> J'ai de mille importuns méprisé les caresses :
> Toi, tu ne peux parler ni voir, que tu ne blesses :
> Tu me charmes ensemble et tu me fais mourir,
> Et c'est là le tourment que tu peux secourir.

Quel dommage, après cela, que ce page soit une
femme !
Argant, dans l'*Heureuse Constance,* découvre la
blessure dont il ne peut guérir :

---

[1] Dans la *Bague de l'Oubli*.

Mais que me sert hélas cette inutile plainte?
En la fidèle ardeur dont mon âme est atteinte,
Malgré son changement j'adore ses appas :
Je relève d'un dieu plus fort que sa colère,
Je l'adorais constante, et je l'aime légère...

Qu'eût-il fait, fidèle ?

Qu'on lise, dans la *Célimène*, l'aveu plein de naturel et de tendresse que fait à sa tante une jeune fille,
ingénue seulement pour la circonstance :

J'aime, je le confesse; eh ! qui n'a pas aimé ?
J'ai résisté longtemps à cette ardeur secrète,
Et mon intention n'a pas fait ma défaite...

Qu'on lise les imprécations d'Adraste et les excuses
d'Isabelle dans les *Occasions perdues ;* dans la *Céliane,* cette fine analyse des premiers et des derniers
symptômes de l'amour, digne d'un sonnet de Saint-
Pavin :

Quand on ôte à l'amour tout sujet de vieillir,
Que les moindres faveurs sont encore à cueillir,...

dans la *Belle Alphrède,* ces jolis vers d'amoureux :

Je souhaite sa vue et la crains tout ensemble,
Je brûle de la voir; en l'abordant je tremble,

ou l'éclatant désespoir d'Alphrède :

Je veux qu'un même instant expose aux yeux du père
La naissance du fils et la mort de la mère,
Et que ce dieu cruel qui préside à l'amour
Me voie en même temps perdre et donner le jour ;

dans l'*Heureux Naufrage,* les tendres déclarations de
Salmacis à Cléandre ; dans l'*Agésilan de Colchos,* les
douces expressions de l'amour de Sidonie devant le
corps de Florisel évanoui et naufragé ; dans la *Pèle-*

rine amoureuse, les reproches désolés d'Angélique :

> . . . . Oui je vis, infidèle,
> Et mes yeux sont témoins de ton ardeur nouvelle.
> Par ton offense, ingrat, juge de ton mérite,
> Tu me plaisais fidèle, et me plais inconstant....,

et dans les *Deux Pucelles,* le superbe monologue du vieux don Sanche qui vient de surprendre sa fille Léocadie attendant son amant au milieu des ombres de la nuit,

> *tumidoque Chremes delitigat ore...*

Tout cela est d'une éloquence parfaite. Il y a mieux encore. Nous voici dans une chambre d'auberge où une jeune fille, Théodose, vient de débarquer, déguisée en homme. Elle occupe une chambre à deux lits, la seule qui soit disponible. Théodose poursuit don Antoine, ce perfide séducteur qui déjà a trahi Léocadie. Elle pleure, couchée sur son lit, et finit par s'endormir accablée de fatigue. Pendant ce temps, un voyageur, Alexandre, demande un gîte pour passer la nuit. L'hôtesse l'introduit tout doucement dans la chambre de Théodose et Alexandre prend le seul lit qui reste dans l'hôtellerie. Théodose, dont le sommeil est agité, exhale de nouveau ses plaintes. Alexandre comprend à ses paroles qu'elle est fille : sa curiosité l'emporte, il parle. Théodose effrayée va se lever. Alexandre est déjà aux pieds de son lit : il essaye de la calmer, il la rassure par l'admirable discours que voici :

> Eh ! demeurez ! Je sors si je vous importune ;
> Je ne viens pas ici croître votre infortune,
> Je n'ai point souhaité de lire en vos secrets,
> Et je ne prévoyais vos pleurs ni vos regrets ;
> Ignorant de l'ennui qui votre âme dévore,
> J'attendais sur ce lit le retour de l'aurore.

Introduit en ce lieu durant votre sommeil,
Et croyant en sortir devant votre réveil,
Votre ennui s'est trahi par votre propre bouche,
Et le ciel m'est témoin à quel point il me touche,
Et que le seul dessein qui m'a fait vous parler
Est ou de vous servir ou de vous consoler.
Si la pitié vous nuit, si son soin vous offense,
S'il lui faut un pardon au lieu de récompense,
Je l'implore, et plutôt vais sortir de ce pas,
Que de prendre un repos qui ne vous plaise pas.
Mais si vouloir vous faire une offre de service,
Franche de toute feinte et de tout artifice,
Et prendre plus avant part en votre souci,
Vous pourrait obliger à me souffrir ici,
Peut-être que ce mal dont votre âme est saisie
Ne s'offenserait pas de votre courtoisie,
Et que, si l'on peut rien pour votre allégement,
Je vous pourrais un jour servir utilement.

Quelle délicatesse et quelle distinction! Il faut le
redire encore: tout ce que la situation a d'étrange,
cette chambre d'auberge, cet étudiant de Sala-
manque au pied du lit où est étendue une fille ha-
billée en homme, l'hôtesse à demi nue, dans un
coin, avec sa lanterne sourde, tout ce cadre vulgaire
disparaît à l'audition de ces beaux vers. Ni Cervantes, l'inspirateur de Rotrou, faisant, dans sa très
amusante nouvelle *las Dos Doncellas*, un feu roulant
de l'artillerie espagnole [1] ni l'élégant Quinault dans
la copie intitulée *les Deux Rivales*, n'ont trouvé de
pareils accents. Entre tous, Rotrou est un charmeur:
il a dans son clavecin poétique les jeux de flûte à
côté des jeux de tonnerre. Nous avons cité plus

---

[1] *Cada palabra*, dit Théodose, dans la nouvelle de Cervantes, *era un tiro de artilleria que derribaba parte de la
fortaleza de mi honra.*

haut (p. 24) ses idées sur l'art poétique. Ce sont
bien les vrais principes, ceux qu'ont proclamés les
critiques et les maîtres, Quintilien, Boileau ou La-
martine :

> Jamais aucune main, sur la lyre sonore,
> Ne guida, dans ses jeux, ma main novice encore :
> L'homme n'enseigne pas ce qu'inspire le ciel...

Mais si Rotrou, pour faire les vers, avait reçu du
ciel l'influence secrète, il savait également parler : il
était bien de la race qu'a dépeinte le vieux Caton.
Les beaux parleurs ne manquaient pas en France à
cette époque, orateurs de robe ou d'épée — depuis
le roi Henri III, ce personnage disert dont ses con-
temporains avaient gardé un souvenir durable, jusqu'à Gaston d'Orléans dont M. Aubertin montrait
dernièrement, dans ses belles études sur l'Éloquence
politique de ce temps-là, les puissantes facultés. —
Je m'assure qu'à côté d'eux, dans les Conseils ou au
Parlement, le poète Rotrou n'eût pas fait mauvaise
figure. On rencontre à chaque instant dans ses vers
des qualités oratoires d'un ordre très élevé. Voici
précisément un passage des lettres de Chapelain qui
confirme notre opinion :

A M. de Belin, au Mans.

De Paris ce 22 janvier 1637.

Monsieur, ne vous pouvant escrire eloquemment et ne
me pouvant empescher de vous escrire, je fay, ce me
semble, adroittement de donner ma lettre à porter à M. de
Rotrou, entre les mains duquel elle passera sans doute pour
bonne. Je le tiens si officieux ami, e. d'ailleurs si riche des
choses qui me manquent pour bien parler, qu'il couvrira
volontiers mon deffaut par son abondance, et n'en sera pas
plus pauvre pour cela. Je me remets donc à luy quand au
bien dire.....

Venceslas.   10

Voilà des dons de la nature, que l'on retrouve
dans les vers de Rotrou. Notre poète en effet a de
l'orateur le trait, la sentence vigoureuse et forte, la
période harmonieuse et entraînante.

§ X

POURQUOI ROTROU NE FUT-IL PAS DE L'ACADÉMIE FRANÇAISE[1] ?

On s'est demandé comment Rotrou, avec de pareils
titres, avec tant de mérites et tant d'amis, n'avait
point été de l'Académie française.

Rotrou avait vingt-six ans en 1635 quand fut con-
stituée l'Académie française : il est permis de croire
que sa jeunesse l'empêcha d'être admis dès la fondation. En effet, tous les membres qui faisaient
partie de l'Académie dans ces premières années,
étaient beaucoup plus âgés que lui. Plus tard Rotrou
n'habitait plus Paris, et les statuts, dit-on, faisaient
une condition expresse de la résidence. Nous n'avons
pu retrouver, à aucune époque, dans les règlements
de l'Académie, une clause pareille. Nous voyons
bien un article 19 déclarant qu'aucun des membres
présents à Paris ne pouvait se dispenser d'assister
aux réunions; mais cet article prouve précisément
que les académiciens avaient le droit de s'absen-

---

[1] Ici encore nous devons signaler certaines réserves que
fait, à propos de ce paragraphe, M. Félix Hémon, dans
l'article de la *Revue Politique et Littéraire* que nous avons
mentionné précédemment.

ter de la capitale. Ainsi Balzac habitait Angoulême au moment même de son admission, le président Maynard demeurait constamment à Aurillac, et Godeau résidait dans son diocèse de Grasse. On sait également que Corneille ne quitta définitivement Rouen qu'en 1662 et qu'il fit partie dès 1647 de l'illustre compagnie. Quelle raison pouvait donc en écarter Rotrou? Cette raison est si simple qu'on ne s'en est point avisé. Depuis qu'Arnaud d'Andilly avait décliné l'honneur que plusieurs membres avaient été chargés de lui offrir, l'Académie avait décidé qu'elle attendrait désormais, pour faire ses choix, qu'on vînt frapper à sa porte. Aussi n'alla-t-elle pas chercher Descartes en Hollande ou en Suède ; Pascal dans la retraite ascétique où il se dérobait aux vivants ; Molière dans les antichambres du Louvre ou dans les coulisses de son théâtre ; le duc de la Rochefoucauld enfin dans l'hôtel du faubourg Saint-Germain où ce grand misanthrope, malade, aveugle, ne permettait qu'à un petit nombre d'amis de le visiter.

N'est-il pas naturel alors de penser que Rotrou, un jour ou l'autre, se serait présenté à l'Académie française si la mort n'était venue briser toutes ses espérances et le ravir à toutes ses affections ? Corneille en entrant à l'Académie avait quarante et un ans. C'est précisément l'âge où Rotrou devait mourir ; et il est à remarquer que les grands écrivains du xviie siècle furent admis à un âge plus avancé : Bossuet avait quarante-quatre ans, la Bruyère quarante-sept, Boileau quarante-huit, et la Fontaine soixante-deux ans... encore le bonhomme avait-il promis d'être sage !...

De toutes les exclusions qu'on a voulu reprocher à l'Académie française, il y en a deux seulement qu'il

n'est pas facile d'expliquer ; nous voulons parler
de Mairet et de l'abbé d'Aubignac (il est vrai que
d'Aubignac avait essayé de fonder une Académie
rivale), qui occupaient à cette époque une place
importante dans la république des lettres, et qui
vécurent très vieux. Mais demander aujourd'hui des
comptes à l'Académie, à propos de Mairet et de
l'abbé d'Aubignac, ce serait en vérité n'avoir pas la
main heureuse !

FIN DE L'APPENDICE.

VERSAILLES. — IMP. CERF ET FILS, 59, RUE DUPLESSIS.

www.ingramcontent.com/pod-product-compliance
Lightning Source LLC
Chambersburg PA
CBHW070817250626
47170CB00006B/2136